前世療法探偵キセキ

深堀 元文
FUKAHORI Genbun

文芸社文庫

目次

前世療法探偵キセキ

プロローグ

半信半疑だった。

こんな治療法で、ほんとにわたしの牡蠣《かき》アレルギーが治るのかしら……。

前世療法――最近、巷《ちまた》でよく見聞きするようになった言葉。

信憑性があるのかわからない。あなたの前世は何々だった、と言われても確かめようがない。科学的に裏づけできない世界だから、自分が信じられるか信じられないかというだけだ。きわめて胡散《うさん》臭い。

それでも藁《わら》をもすがる気持ちで、この研究所に来ていた。もうこの方法しか思いつかなかったから――。

嶺井七美《みねいなみ》はベッドに横たわって、ベージュ色の天井を眺めていた。

もし、インチキ商法で高額な治療費を請求されるだけだったとしたら、この場で即刻逮捕してやる。警視庁捜査一課所属の警部補である嶺井七美は、心の隅にそんな荒っぽい思いも忍ばせていた。

しかし、彼女と同じ姿勢でベッドの隣に仰向けに横たわっている男性医師の方に顔を向けると、そうした猜疑心が薄皮のように剝がれていくのが感じられた。

彼の名前は、小此木稀夕《おこのぎきせき》。

ここ「前世療法研究所」の所長で、れっきとした精神科医だ。年は三十代半ばくらいだろうか、見るからに端整な顔立ち。

一週間前、初めてここに相談面接に訪れた際、彼は、サラサラした長めの黒髪を時折手櫛《てぐし》で額の上にかき上げながら丹念に七美の話す内容に耳を傾けていた。

細い眉、キリッと通った鼻筋、顔は凛々《りり》しく、とても爽やかな印象だった。切れ長の目からは優しく穏やかな視線がこぼれてくる。だが一方では、どこか心の奥の方に秘めた闇を抱いているような暗い表情も時折垣間見えた。刑事としての直感だった。

七美は、どこか矛盾した複雑な雰囲気を漂わせる謎の男に得も言われぬ魅力を感じた。

その際、小此木医師が言った。

「あなたの現代医学で治せない牡蠣アレルギー、もしかしたら過去生のどこかのカルマが現世に影響している可能性もありますので、僕と一緒に、その過去生まで遡《さかのぼ》って、カルマ探しをしてみましょう」

そんなことが本当に可能なのか。

にわかには信じられなかったが、彼女には、生来の牡蠣アレルギーを早急に克服しなければならない切羽詰まった理由があった。

牡蠣アレルギーなんてどうでもいい、そう思う人もいるだろう。彼女自身もそうだった。要するに牡蠣を食べなければすむのだ。

だが事情が変わった。警視庁で監察医をしている親友の吉永れいが近々結婚することになり、仲のいい女性の友人たちで独身サヨナラパーティーを開くことが決まったが、その会場が、牡蠣のフルコースがメインの麻布にあるレストランだというのである。

一か月前に届いた案内状を見て、彼女はとても困った。すべてが決まったこの段階で、親友に向かって「わたしは牡蠣アレルギーだから出席できません」とは言えない。

一応、レストランに電話を入れて「アレルギーのため別メニューにできないか」と問い合わせてみたが、牡蠣のフルコースでの団体割引で予約を受けているから、まずは予約の代表者と相談してほしいと言われてしまった。幹事に相談すれば、結局は親友に気を遣わせてしまう。なんとか牡蠣アレルギーを克服することはできないか……。

そこで彼女は、一般内科やアレルギー科、心療内科とまわって診療を受け、現代医学的な解決を試みた。だが、効果はなかった。

もはやダメもとでインターネットの中に解決法はないかと闇雲に検索を続け、そうしてたどり着いたのが、この「前世療法研究所」のホームページだった。

前世療法とは催眠療法の一種で、退行催眠により患者の記憶を本人の出生以前まで誘導し、心理的な外傷等を取り除く治療法とのこと。出生以前に遡った記憶——これを前世記憶というが、この前世の記憶を思い出すことにより、現在抱えている病気が治ったりすることから神経症（不安障害）の治療に役立つとのことで、他にも数々の自律神経症状や恐怖症、あるいは各種アレルギーにも有効とされていると、本物の医者で精神科医だと書かれた小此木稀夕先生のホームページに紹介されていた。

彼女は、これだ、もうこれしかないといった閃《ひらめ》きのもと、すぐにこの研究所に相談予約の電話を入れた。


超近代的なオフィスビル群の間に、さも窮屈《きゅうくつ》そうに建っている小さくて旧《ふる》い雑居ビル、その三階に、「前世療法研究所」という看板が掲げられた一室があった。

七美は一人の患者として、今まさにその医者と二人きりで横並びになって、寝心地良いダブルベッドの上に各々体を寝そべらせていた。七美と小此木医師の間には子供ひとりが入るくらいの間隔が空いていた。

ほんのり淡いオレンジ色の灯りだけが二人を照らし出している。目に優しい間接照明である。

防音装置のせいだろうか、外の騒音はまったく聞こえてこない。完璧な静寂が二人を包み込んでいた。まるで何らかの霊的エネルギーに満たされているかのようだ。眼鏡を外して横になっているド近眼の七美にとっては、視界がぼやけて見えるのも、そんな錯覚を起こさせる相乗効果として働いているのだと思えた。

小此木稀夕の本業が精神科医であることの証拠を示すかのごとく、壁には本物の医師免許証が額に入れて飾ってあった。でも、この研究所では通常の医学的診療業務は行っていないとのことで、前世療法のみの相談と施術に応じているとのことだった。

嶺井七美と小此木医師は、今、片方の手と手を握り合っていた。恋人同士がしっかりと握りしめるというほどの強さではなく、ほんの軽く握り合う程度である。小此木医師の手は男性なのに、しっとりしていてなめらかで、握っているだけで何か不思議な感覚が伝わってきそうだった。

それから行われる自己退行催眠は、すべて小此木医師の導きに従った。

小此木医師は、七美に両手をだらんと左右に伸ばして、そっと両目を閉じ身体中の筋肉を弛緩《しかん》させるよう命じた。

そして、鼻から息を吸い、ゆっくりと口から吐き出す腹式呼吸を五回繰り返すように伝えられた。

言われたとおり規則的な深い呼吸法を繰り返すことによって、だいぶリラックスしてきた。傍《かたわ》らにいる小此木医師の存在すら忘れてしまいそうになっていった。何の曇りもなく、二人の心が一つになっていくのが感じられた。

「頭の中で、天上に輝く美しい光を思い描いてください」

小此木医師が、ささやくような優しい声で呟いた。その声はどこか遠くの方、天上界から聞こえてくるような錯覚さえ覚えた。

七美は、月の光のように綺麗でおぼろげな光を連想していた。

「美しく輝く光は、あなたをもっともっと深くリラックスさせていきます」

実際、彼女は深い安らぎと平和を感じ始めた。

「では、その光が、あなたの頭の上から、だんだん下の方へ、そう、顔から目、顎、首、肩、両腕、指先、背中、胸、心臓、肺、脊椎、お腹、腰、膝、脛《すね》、そしてつま先へと広がっていく様子を想像してください」

小此木医師は、優しく穏やかなささやきをスローペースで続けていく。

七美は、体全体が美しい光で満たされているような、とてもとてもリラックスした平安な気持ちになってきた。

すべての筋肉や神経組織そして細胞までもが、素晴らしい安らぎを覚えてきている。

「光があなたの体を完全に包み込んでいるのを感じてください。まるであなたは、あなたを守る光の繭《まゆ》の中に包み込まれているかのようです」

七美は、非常に安らいだ幸福感に浸《ひた》っていた。

「これから胸の中で五から一まで逆に数えてゆきましょう。一まで数え終わった時、あなたの心は、時間と空間を超越した異次元に到達します。あなたはどんなことでも思い出すことができます」

小此木医師に導かれるがまま、七美はどんどん深いレベルのリラックスへと陥っていく。これが、トランス状態と呼ぶものだろうか……。

とても不思議な感覚だった。自分の意識——後で知らされたのだが、これは顕在意識と呼ぶらしい——は意外にもけっこうはっきりしていた。目をあけるだけで、瞑想を終えて、普通の状態に戻れる確信がそこにあったからだ。だからこそ安心できたとも言える。

しかし、もう一方で、潜在意識という別の意識、そんな途轍《とてつ》もなく深くて広い意識の領域を感覚的に捉えることができていた。そこには間違いなく限りない宇宙が広がっていた。天文学的な数と言えるほどたくさんの星というか、美しい光が見えた。光は、その先に様々な世界を見せてくれた。まるで、無数の覗き窓のようなものが備わっていると表現したらいいだろうか。

「さあ、今生の貴女《あなた》を苦しめている世界を見せてください」

小此木医師が優しく呟いた途端、とても驚くべきことが起こった。

光の先に白く輝く下り階段があって、何かに導かれるかのようにその階段を下りていくと、信じがたい光景が七美の視野全体に飛び込んできた。

そこは中世ヨーロッパのおごそかな宮殿の中にあるきらびやかな一室だった。豪華で広い部屋の中央付近の壁際に、木彫りの飾りの付いた大きな鏡があった。美しいロングドレスをその身にまとった貴婦人がひとり腰かけて、鏡の中を見つめていた。金髪《ブロンド》の長い髪は丁寧に巻かれて結《ゆ》い上げられている。

次の瞬間、七美の意識が、すーっとその貴婦人の意識と同化していくのが手に取るようにわかった。

鏡には、ドレスで着飾った若い女性の上半身が映し出されていた。犯しがたい美貌とでもいうのだろうか、目もくらむばかりの美女だった。

「この女性がわたしの前世？」

七美の顕在意識が、小此木医師に向かって尋ねた。

「そのようですね」

七美は現世とのあまりの違いにちょっとやるせない思いもしたのだが、それでも何となく嬉しくなっていた。

「小此木先生、先生はどこにいらっしゃるの？」

「僕もあなたと同じ光景を見ていますよ。でも僕はこの部屋にはいないようです」

「わたし……、自分自身の美しさが信じられなくてドキドキしているみたいです」

「嶺井さんの鼓動が伝わってきていますよ」

「まあ、恥ずかしい……」

七美がそう呟くと、お姫様もポッと頬を赤らめた。七美の潜在意識と顕在意識が、今、一体となっている。そんな感覚だった。

「お姫様のお名前は？」

小此木医師が七美に尋ねてきた。

「グロリアンド・エリザベート・バークリー……」

なんと、今まで聞いたこともない難解な名前が、何の躊躇《ちゅうちょ》もなく七美の口から飛び出してきた。これが自動発語だということは後から小此木医師に教えてもらった。

「おいくつですか？」

「二十歳です」

「どこの国のお姫様ですか？」

「トランシルバニアの山中にあるチェイテ城の主、フェレンツ国王の娘です」

「トランシルバニアとはどこですか？」

「さあ、わたくしも存じ上げません」

口の利き方もいつの間にか上流階級のご婦人のような気どった口調に変化しているのがわかった。

「あなたはいつ、どのようにして亡くなったのですか。亡くなる時まで時を超えてみましょう」

小此木医師の質問に七美はたじろいだ。

「もう、そこに行くのですか？」

七美は表情を曇らせた。前世がこのような目もくらむように美しい王女であった喜びにもう少し浸っていたかった。

でも、仕方がない、これは治療なんだから。七美は意を決した。

「わたしが死ぬシーンを見せてください」

顕在意識が潜在意識を促した。

次の瞬間、突然辺りの光景が切り替わった。

そこは、古いヨーロッパ映画によく出てくるような、中世の巨大で豪奢《ごうしゃ》な大食堂のようなところだった。贅沢《ぜいたく》な宮廷料理が、果てしなく続く長い長い食卓の上に所狭しと並べられていた。何かの祝宴が執り行われているようだ。

「わたくしの二十一回目の誕生日を祝う宴でございます」

七美の潜在意識であるグロリアンド王女が答えた。

まずはオードブル。食卓の上、一人一人の最初の皿の上には生の牡蠣がそれぞれ八個ずつ綺麗に並んでいた。

「ちょっと待って。わたくしは父である国王がこの牡蠣を食べて、死ぬことを願っておりますわ」

「なんだって。では、王女様は国王に毒でも盛ったということですか？」

「はい。宴の前に、腐った牡蠣の汁を一滴だけ、国王の食べるお皿の牡蠣の中に垂らしておいたのです。そうすればこの牡蠣を食べた国王はすさまじい発作を起こし即座に絶命すると教わったのです」

「誰から教わったのですか？」

「宮廷シェフであるマキシミリアンからですわ。あっ、その顔はわたしの職場の部下の男性そっくりです」

「そうですか。そのシェフは、どうやらあなたの部下の男性の前世のようです。当時、王女様があまりにお美しいがために、廷臣をはじめとした召使いといったまわりの男どもがことごとく王女様にへつらったり言い寄ったりするものだから、国王であるお父上は、宮殿にいるすべての男の召使いを去勢するという暴挙に出たのです。しかし、彼、マキシミリアンは、そんなことをしたら王様に出す料理の腕が落ちますと必死に懇願して去勢の難を逃れたようなのです」

「先生はどうしてそのことを？」

「僕の前世は、宮廷の護衛をしている近衛兵《このえへい》の中にいるようです。だから彼の記憶が、僕の顕在意識にそのことを伝えてきたんです」

「なるほど……、そして、マキシミリアンとわたしは恋に落ちたのですね」

「でも国王は、召使いのシェフである彼と王女様の婚姻など認めるはずもなかった」

「それで二人は国王を亡き者にしようと……。わたしは七人姉妹の長女で、母親はもうとっくに他界しておりますから、父上が亡くなればわたくしは王位の正当な継承者。自分の好きな相手と結ばれることができる」

「ですから彼が貴女に、牡蠣の毒の仕込み方を教えた」

「そしてわたくしは自らの誕生日の宴でそれを実行したのですね」

次の瞬間、耐え難い苦痛がグロリアンド王女を襲ってきた。すさまじい吐き気とともにグロリアンド王女の顔面は蒼白となり、体にけいれんが走ったような感覚に見舞われた。そうして最後は体の自由が奪われてしまったのである。

一連の症状は、宮廷シェフのマキシミリアンから教わっていた牡蠣毒の症状とまったく同じだった。

「ま、まさか！」

驚愕したそのとたん、七美の意識は唐突に宙空に浮かび上がった。王女が逝《い》ったのだと七美は悟った。

淡い光に包まれた、広くて何の苦痛もない場所だった。木漏《こも》れ日のような優しさに満ちている。そこには、もう何の苦痛も恐怖も動揺も混乱もなかった。ただ、安らかな平安とおごそかな沈黙があるだけだ。

どれほどの時が流れたのかはわからないが、そんな静寂と安らぎの世界に漂っていると、

「嶺井さん、そろそろ戻りましょうか」

と、小此木医師の柔らかい声が遠くの方から聞こえてきた。

七美は素直な気持ちで即座に答えた。

「そうしましょう」

「五、四、三、二、一」

小此木医師がゆっくりカウントすると、二人はほぼ同時に顕在意識だけの世界に戻った。

七美は、隣に横になっていた小此木医師の目を見た。何と言ったらいいのかわからない。たとえて言うなら、まるで不思議の国のアリスと同じように、信じられない異次元の世界を旅して帰ってきたという感覚だった。ただし、頭の中は妙にスッキリしていた。

「ご気分はいかがですか」

小此木医師が、優しい笑顔を投げかけて尋ねてきた。

「とてもいい気分です」

「そうでしょう」

「晴れ晴れとして、とってもすがすがしい。なぜでしょう」

「死とは僕たちが考えているほどつらいものではないということがわかったからではないですか。僕は、そう理解しています」

なるほど小此木医師の言うとおりだと思った。

肉体は滅びても魂は流転する。そのことが、わかったような気がしたのだ。これが感激でなくして何だろう。

七美はこの上ない幸せな気分を満喫し、人間の根元的な恐怖の対象である死というものに対する恐れが一気に薄れていくのを意識した。

「嶺井さん、今、前世の記憶の中で話していたこと、ぜんぶ憶《おぼ》えていますか?」

「はい、憶えています。こんな非現実的なことがあるなんて……」

七美はまだまだ感動の渦の中におぼれながらも精一杯の想いで答えた。

「あれはたぶん十六世紀くらいのハンガリーあたりでしょうか。そこで見たもの、聞いたもの、そして匂いまでもがとても生々しくて鮮明でしたね」

「はい、とても。まるで本当に体験しているようでした」

七美は、そんな自分の驚きと感動を、精一杯小此木医師に伝えたかった。

ややあって、小此木医師が起き上がりベッドの端に腰かけながら、

「でも、あの前世は、嶺井さんにとってつらいものでした」

と言って、少し眉根を寄せた。

七美も同じように上体を起こして、小此木医師と隣り合わせにベッドの端に腰かけた。

「確かに最後は悲惨でしたね。……あの王女は自分が仕込んだ牡蠣の毒で逆に殺されてしまったんですよね。王女を殺した犯人は誰だったんでしょう」

「さあ、それはわかりません。王女の企《くわだ》てに気づいた王様か、あるいは、姫の陰謀に気づいた側近の誰かが王様の身を案じて皿の入れ替えをやったのか……、それともまったくの偶然だったのか……。それは謎のままです」

小此木医師は遠くを見るような目をしていた。

「王女が死んだ後、マキシミリアンはどうなったのでしょう」

「さあ、それもわかりません。でも、おそらく王女に王様毒殺を教唆《きょうさ》した罪で処刑されたんじゃないでしょうか」

「そのことを確かめなくてもいいのですか?」

「それはまた別の問題です。嶺井さんの今回の治療上は関係がない」

小此木医師が、それまでの口調から一変して、きっぱりと言い捨てた。

七美もまた確かにそう思えたので、それ以上追求することはやめておいた。

「でも、少なくとも嶺井さんと牡蠣の関係が、あの前世ではっきりしましたよね」

素直にうなずいた七美だったが、その瞬間、素敵な予感が脳裏に閃いた。

「どうかしたのですか」

「先生、これでもうわたしの牡蠣アレルギーは治っちゃったんじゃないですか！」

「はい、たぶん」

小此木医師も同じことを思っているらしく、七美の方を見て優しく微笑んだ。

「あぁー、早く知りたぁーい」

七美が思いっきり相好《そうごう》を崩して冗談めかして告げると、小此木医師が隣室に内線電話を入れた。

「北野くん、例のやつ、持ってきてくれないかな」

そう言うと、七美に少し待つよう指示してから、にこりと口もとを緩めた。

ややあって、助手兼秘書の北野志保《きたのしほ》が片手に小さな一枚の皿を持ち、施術室の重いドアを開いて入ってきた。

「さあ、さっそく試してみましょう」

北野から小皿を受け取った小此木医師が、皿の上の生牡蠣を食べてみるように、七美に勧めてきた。

七美は少々面食らったが、小此木医師の手回しのいいサービスについ笑ってしまった。

でも、じゃあ、いただきますと言って、すぐに口に持っていく勇気はまだ備わってはいなかった。なにせ長年の牡蠣アレルギーの恐怖に加え、ついさっきまで体験していた王女としての前世では、はかりごとを逆に利用されて、牡蠣の毒で自分自身が殺されたのである。容易に食べてみる気になどならないのが普通だろう。

「大丈夫ですよ」

七美のためらいを察知して小此木医師が言った。

「あの前世を体験したことで、あなたは牡蠣アレルギーからはすでに解放されているはずですから」

「でも、そう言われても……。もしアレルギー反応が出たらどうします」

七美はなおも不安を募らせた。

「嶺井さん、何かお忘れじゃないですか」

「はい？」

「僕はこう見えても本物の医者ですよ」

小此木医師がきっぱりと言う。

「万が一の場合には救急処置もちゃんとできますから。そんなに怖がらないで、どうぞ試してみてください」

その時、北野志保が初めて口を開いた。

「この牡蠣、施術代と込みの料金での請求となっていますから食べないと損ですよ」

口調こそ純朴で柔らかいものだったが、それは女性心理をついたなかなか鋭い説得だった。北野の笑顔は、七美に恐怖に打ち勝つ勇気を与えてくれた。

「……はい、そこまで言われるんだったらわかりました。食べてみますね」

七美は、清水の舞台から飛び降りるくらいの気持ちで、おそるおそるだったが生牡蠣をスプーンですくって口の中に運んだ。それと同時にきゅっと目を閉じた。

勇気を出して噛んでみた。軟らかい歯ごたえだった。甘い潮の香りが口の中いっぱいに広がった。

しばらく待ったが、七美の体には何の変化も起こらなかった。かつて何度も経験したあの強烈な吐き気もかゆみも気分の悪さもけいれん発作も、まったく襲ってこない。

「すごい……何ともない」

七美は感激で泣き出しそうになったが、必死の思いで涙だけはこらえた。

「良かったですね」

小此木医師と北野が穏やかに微笑んだ。

ついに長年の牡蠣アレルギーから解放されたのだ。

七美は、その奇跡的な出来事に、何度も何度も二人に向かって頭を下げて、感謝の言葉を口にし続けた。そして、近づく春を感じるような幸せな気分に浸った。

小此木稀夕と北野志保は、今日も大成功、といった顔をして互いに微笑み合っていた。

「それでは嶺井さん、こちらへどうぞ」

北野はそう言うと、嬉しそうな表情の嶺井七美を連れて施術室から出ていった。

二人の後ろ姿を見送りながら、稀夕は、かつて彼の胸に重い十字架を背負わせた、ある女性のことを思い起こしていた。

第一章　立春の日殺人事件

1

十二月二十日、午後五時三十分。ここ福岡市にある北部九州をエリアとするRKBCテレビ局のスタジオでは、このローカルテレビ局の看板番組で、地域のニュースを中心として様々な情報を伝える報道番組『スマッシュ・イブニング』の生放送が始まって三十分が経っていた。

この番組のウリの一つである「報道特集」のコーナーが始まろうとしている。

放送スタートを示すキューが、フロア・ディレクターによって出された。

同時に、このコーナーの衝撃的なBGMが流される。

『〝立春の日殺人事件〟の謎を、精神科医・小此木稀夕が斬る！』

画面にタイトルロゴが大写しになり、次にカメラが、この番組のコメンテーターを務めている稀夕を映し出した。

「今日もあなたの心に奇跡のメスを入れる小此木稀夕です。よろしくお願いします」

医者であることをアピールするかのように白衣を着ている。稀夕はテレビで白衣を着ることには抵抗があった。しかし、この番組では着るようにとプロデューサーから依頼されていた。

稀夕はいつものように、クールなイケメン精神科医を演じていた。実際、顔立ちは整っている。鼻筋が通っていて笑顔も爽やかだ。背も高く外見は細身であるが、それでいて筋肉はほどよくついている。透明感のある上品な清潔さを身にまとい、立ち振る舞いもスマートだ。今日は、トム・フォードのスーツをお洒落《しゃれ》に着こなしていて、声も年齢の割に低く渋いため落ち着きを感じさせる。

稀夕の隣に腰掛けているナイスミドルの安西キャスターが番組を進行する。

「さあ、今日も稀夕先生に、難解な事件に、文字通り奇跡のメスを入れていただきますよ。本日取り上げますのは、今年の二月四日の夜、福岡市内のラブホテルの一室で、二十代の女性が毒殺されました事件です。実は、一年前の二月四日の夜にも、同じホテルの同じ部屋で、二十代の女性が不可解な形で殺害されています。昨年の二月四日、そして今年の二月四日と、二年続けて同じ日に、福岡市内の同じホテルの同じ部屋で殺人事件が発生しているのです。この二つの事件は、同一犯人による連続殺人なのでしょうか。どちらの事件も、犯人はまだ捕まっていないのです！」

テレビ画面が外からの映像に切り替わった。現場となったホテルと思《おぼ》しきモザイクのかかった建物が映し出される。

オレンジ色のカラーシャツに緑色のネクタイという派手な格好をした報道部の若い男の記者が登場した。童顔で流行の薄い眼鏡をかけている。

「今日の担当記者、中条正人《なかじょうまさと》です。本日は、私から『立春の日殺人事件』についてご説明します。犯行現場は、いずれも福岡市内にあるホテルの同じ部屋。ホテルは福岡市の中心街、天神のすぐ近くです。このホテルは、従業員と顔を合わせずにチェックイン、チェックアウトでき、カメラも設置していないので、未だ犯人の特定には至っていません。

被害者は両事件とも二十代の女性です。昨年の被害者は、東区に住む家事手伝いで独身の谷岡理恵《たにおかりえ》さん、二十四歳。死因はバスタブ内での溺死です。谷岡さんはその夜八時半くらいまで友人とレストランで食事をして、その後、消息を絶っています。

今年の被害者は、南区に住む主婦の鈴木真由子《すずきまゆこ》さん、二十六歳。鈴木さんは夜八時過ぎにパート先のスーパーを退社して消息を絶ち、その後毒殺されているのが発見されました。原因薬物は砒素《ひそ》でした。

二人には面識もなく、接点や共通点は何も見つかっておりません。二人が若い女性である、という以外は。殺害の方法が異なることから、同一犯ではないという見方もできますが、もしも関連があった場合……」

スタジオ内に効果音が響き渡る。

「——そう、来年もまた、立春の日に、誰かが殺されるかもしれないのです」

シナリオ通りにしんと静まり返ったスタジオ内をカメラが順に映していく。

「なお、事件現場となったホテルは、来年の二月四日は営業を全面的に自粛すると発表しています。——以上、現場から中条でした」

映像がスタジオ内に戻った。

キャスターの安西と稀夕の二人が斜めに向き合い、安西の方から話し始める。

「去年と今年の二月四日に、同じ部屋で若い女性が殺害されたという二つの事件に、何かつながりがあるのかということですね。小此木先生、いかがですか」

稀夕は、一瞬のためらいを演じた後、片手で長めの前髪を掻き上げると、テーブルの上で両手を組んでクールなふりを装った。知的で切れ長の眼差《まなざ》しの醸し出す顔立ちのイメージから、女性は彼に「クールな格好よさ」を求めていた。「小此木先生、常にクールにお願いします」というのが番組からの注文だった。

稀夕は決してクールな性格ではなかった。どちらかと言えば、温厚でにこやかな方だ。だから、一緒に出演している芸人のギャグに笑いたい場面もある。でも、必死で堪えている。常に冷静沈着で、視聴者にミステリアスな印象を与えなければならないからだ。本当の中身は、むしろオヤジっぽい。昭和のお笑いが大好きな父親の影響か、稀夕をよく知る人たちからは、まるでオヤジかよ、とからかわれたりもするのだ。

実際稀夕自身、こうして作られたキャラクターを演じるのはかなり無理があるとも思っているし、それなりの重圧も感じている。

ではなぜ、稀夕がそんな無理をしているのかというと、この番組にレギュラー出演するようになった経緯にたどりつく。

そもそもこの番組のチーフ・プロデューサーと稀夕の父親は、互いに旧知の間柄だった。昨年、三十二歳の若さで、稀夕が父親から医療法人グループ内の精神科の病院長を引き継ぐことになった時、父親は、病院の知名度をさらに上げようと、稀夕がコメンテーターとしてレギュラー出演できるようチーフ・プロデューサーに頼み込んだのだ。

初めてチーフ・プロデューサーに引き合わされた際、瞬時に採用が決まったものの、唯一、条件を出された。クールに見える稀夕の外見から、そのままクールな人物に成りきって演じてほしいというものだった。父親は快諾した。喜ぶ父親の顔を見て、稀夕も受け入れるしかなかった。

「まず、二つの事件とも、犯人の手がかりがまったくないのが不可解ですね。特に今年の事件では、砒素という毒物が使われていますから、偶発的な故殺《こさつ》ではなく、周到に準備した計画的犯罪であることを示しています。それなら被害者が一緒にホテルに行くような間柄にあった人間が犯人ではないかと、単純ですが僕はそう思います」

稀夕が冷静にそう分析した。

すぐに若い童顔の報道記者、中条が反論してきた。

「しかし両事件とも、県警本部は両被害者の交友関係を徹底的に捜査しています。それでも犯人らしき人物はまるで上がってこない状況らしいのです」

「最近では、ネットを介した知人のような関係もありますよね。そういう人物も出てこないということですか？」

「県警は被害者のパソコンや携帯電話の記録なども詳細に捜査しているようです。そういう線からの容疑者もまるで出てきてはおりません」

「現場に残された指紋やＤＮＡは」

「一日に何度も客が入れ替わるホテルですから、部屋中に多くの人の指紋やＤＮＡがついています。被害者の体や衣類に付着した有力な証拠物件もなし、友人知人に不審人物も浮上していない、とのことです。両被害者とも室内から外部に対して電話などをかけていた形跡はなく、外からマッサージ師などの誰かを呼び込んだということもないようです。携帯電話の記録からもそれは証明されています」

中条記者が手元の資料に目を落としたまま落ち着いた口調で答えた。稀夕は顎の下で指を組みながらうなずくと、さらに口を開いた。

「つまり殺人者は被害者に同行していた可能性が高い。今年の被害者は砒素による毒殺です。もしもたまたま行き会った人物とホテルに入り、事件に遭ったのであれば、これは無差別殺人ですね。誰でもいいから殺したいと、ポケットの中に砒素を忍ばせ、女性をホテルに誘う……考えると身震いしますね」

「昨年の被害者はバスタブ内での溺死でした。その砒素の犯人とは別人とお考えですか？」

中条記者の問いかけに対して、稀夕がニヒルに笑ってみせた。

「それはさすがにわからない。でも、もし犯人が同じなら、昨年の犯行がよほど快感だったのでしょう。それで、確実に殺すために薬物を用意したとも考えられます」

そこで稀夕は、一旦脚を組み替えてからさらに言葉をつないだ。

「精神科医としては、そうした病的な気質を持った人物――いわゆるサイコパスは、実際に存在しうると言えます。もしそうだとしたら、早急に逮捕しなければ悲劇が繰り返されかねません」

中条記者が神妙な顔をしてうなずいた。モニター画面が稀夕の顔のアップに切り替わる。

「もし、これが同一犯人による連続殺人だとすれば、番組をご覧の女性の皆さん、来年の二月四日はホテルに行かないように自衛してください。真犯人に狙われる女性は一人かもしれませんが、模倣犯が現れたら複数の被害者が出ることもあるのです。それが私から視聴者の皆さんへのメッセージです」

「小此木先生、どうもありがとうございました。報道特集、今日は、立春の日殺人事件についてお伝えしました」

稀夕のまとめを受けて、安西キャスターがコーナーの結びの言葉を述べた。

二人はカメラに向かって深々と頭を下げた。

フロア・ディレクターが、コーナー終了の合図を出した。

稀夕は、急いで席から立ち上がると、カメラに背を向けて、顔面や首筋から今にも噴き出そうとする汗をハンカチでぬぐいながら、引きつっていた頬筋《きょうきん》をわざと弛《ゆる》めた。

それから渇ききった喉に、アシスタント・ディレクターが持ってきてくれたミネラルウォーターを一気に注ぎ込んだ。

ぜんぜんクールじゃない、むしろホットだよ——。

稀夕が心の中だけで呟いていると、スタジオの奥から近づいてきたチーフ・プロデューサーがにこやかに声をかけてきた。

「先生、なかなか良かったよ。次のコーナーも、このままクールキャラで頼むよ！」

稀夕は、げんなりした様子で一つ大きな溜め息をついた。

2

放送局を後にした稀夕は、博多湾を周遊するクルーザーを貸し切って行われた盛大なイブニングパーティーに参加していた。稀夕が所属する、精神科を中心とした医療関連団体の忘年会だった。

参加者は主に医師や病院の幹部クラスの人々だったが、正規メンバーの連れや紹介者であれば誰でも参加できたので、地場企業の社長や役員、全国規模の会社の支店長、商店主、弁護士、銀行マン、それにマスコミ関係者なども来ていた。

会場には、若くて綺麗な女性ピアニストが奏でるショパンの曲が優雅に流れていた。稀夕が忘年会に参加したのはその年が初めてだった。

若手の医師は忙しく、またこのような中高年を中心とした交遊会に参加するための高額な費用をポンと出すような価値観はない。だが稀夕は、昨年若くして父親から病院長を引き継いだ身として、こうした会には参加するよう常々父に言われていた。そのため今回は渋々参加したが、決して乗り気ではなかった。

父を尊敬していたし、医師になることに意義も価値も感じていた。だが、結局は親の敷いたレールの上を生きてきたことに迷いのようなものがあった。しかし、父親の築いた地位と名誉、そして金銭では計り知れない財産を、自分が何一つ継がなかったらもっと悔いていただろうとも思った。それほどに父は偉大だったし、稀夕は父を父親として好いてもいた。

精神科を選んだことだけが、稀夕にとってささやかな「自分らしさ」の表現だった。父の経営する病院グループの中で、精神科は片隅に位置する存在にすぎない。だが、そこだけは自分のやりたいことを貫いた。父は反対しなかったし、精神科病院に専念できるよう取り計らってくれもした。

いずれグループの他の病院はそれぞれに院内から後継者が決まっていくだろう。父に申し訳ないような気もしたが、稀夕は自分が「巨大な病院グループの経営者」になれないことだけは自覚していた。

パーティーでは、稀夕が大病院グループの息子であるだけでなく、テレビに出ていることもあって、多くの人から好意的な声をかけられた。だから彼らとの談笑はそれなりに楽しかったが、やはり社交辞令の域を出ることはなかった。稀夕は、決して上等とはいえない赤ワインをかなりあおっていた。

午後八時を過ぎた頃になってかなりの酔いを感じた稀夕は、会場を抜け出して、螺旋階段を昇って船のデッキに向かった。

重いドアを開けて外に出ると、いきなり真冬の冷たい夜の海風が稀夕を迎えた。電飾で飾りつけられたデッキでは、大勢の人たちがはしゃいで写真を撮り合っている。稀夕はジンジャーエールのグラスを片手に所在なげに歩いていき、誰もいない船尾近くにたどり着いた。

胸の高さまである柵にもたれかかり、遠ざかる能古島《のこのしま》の黒い島影に視線を投げた。そこにはクリスマス調のネオンに彩られた華やかな博多の湾岸の光景とは違う寂しさがあった。

「お邪魔していいかしら」

背後で若い女性の声がした。振り返ると、見知らぬ女性が立っていた。二十五、六歳くらいの、紫色のエレガントなパーティードレスをまとった、髪の長いスレンダーな女性だった。

薄くアイラインを引いた二重の瞼《まぶた》、口唇は小づくりで、黒目がちの目だけが大きい。鼻梁は細くて高い。顎は尖っているが頬は柔らかそうだ。

稀夕は、どこかで見たことはあるものの、どこの誰かは思い出せない、デジャブのようなもどかしさを覚えた。

「どちら様でしたっけ?」

稀夕は率直に尋ねた。

「さっきまで下でピアノを弾いていました」

あっ、そうか。そういえば、パーティーの最中、ピアノの生演奏をしていたあの女性だ。

稀夕の脳裏に、彼女の演奏中のにこやかな中にも真剣味のこもった表情が鮮やかに蘇った。

「そうでしたね、失礼しました。もう演奏は終わったのですか」

「はい、今夜のお仕事からたった今、解放されました。下ではもうビンゴゲームをやっています」

彼女の声は、どこか懐かしい響きのこもった声だった。

「それはそれはお疲れ様です。……ところでこの僕に何か？」

「いいえ……。仕事の後はパーティーに参加していいと言われたのですが、わたし、ここでは誰も知っている人がいないし、何か場になじめなくて。一人で頭を冷やそうって思ってここまで来てみたら、あなたがお一人で立っていたから、ちょっと声をかけてみようかなって」

女性はうつむいて照れたように小さく笑った。澄んだ目が彼女の心の清さを物語っているようだ。

「その気持ち、よーくわかる」

「まあ……よかった」

女性はほっとしたように微笑んだ。

「ここから見る景色って綺麗ですね」

稀夕は、海越しに見える博多の街のきらびやかな夜景に目をやりながら呟いた。

その時、彼女が稀夕の顔を確かめるようにして見つめながら尋ねてきた。

「失礼ですが、もしかしてテレビに出ていらっしゃる方ではありませんか」

「ご存じでしたか。『スマッシュ・イブニング』を観てくれているんですね」

「ええ、時々観ています。確か小此木先生ですよね」

「はい、小此木稀夕といいます」

「キセキ……、どういう字を書くのですか？」

「のぎへんの稀に、夕方の夕」

「なかなか読んでもらえないんじゃないですか」

「そうなんです、いつも説明するはめになって……。由来は、昔オヤジが好きだった女性歌手の名前から漢字をとってきたそうです。ただしその歌手の読み方は、キユだったらしいんですけどね。まったくしょうがない由来ですよね」

稀夕がおどけたように肩をすくめてみせると、彼女の清楚で聡明そうな顔立ちが、花の蕾のようにふわりとほころんだ。

そして、すぐに真顔になって呟いた。

「それにしても、今日の報道特集は怖かったわ」

「立春の日殺人事件ですか。あの事件も怖いけど、番組が終了してからが大変だったんですよ」

稀夕は、つい二時間ばかり前のことを思い出した。

「何かあったのですか？」

「僕がコーナーのラストのほうで、女性の皆さんに『ホテルには行かないよう自衛しましょう』と言ったせいで、番組あてにホテル業界の人たちから苦情が殺到しちゃって……プロデューサーに、あとでやかましく注意されたんですよ」

稀夕は苦笑してみせたが、本当のところ、プロデューサーは「すごい反響ですね」と笑っていた。テレビ局ではよくあることで、そんな抗議にいちいちかまっていたら何も番組は作れませんよという話だった。

八月半ばごろ、稀夕が好きなプロ野球チームである横浜ＤｅＮＡベイスターズのさやかなアイテムを身につけて番組に出演した時も、「どうして地元の福岡ソフトバンクホークスを応援しないんだ」という抗議がたくさん入った。その時ベイスターズは優勝争いをしていて、稀夕は一ファンとして応援の気持ちを表したかったのだが、まさかそんなことで抗議にあうなんて思わなかった。

「テレビって、いろいろ気を遣わないといけないんですね……。ところで、小此木先生って精神科医ですよね」

「そうです。精神科の医者をやっています」

「わあ、お近づきになれたらカウンセリングしてもらえそう」

瞳の奥をきらきらさせ、女性が冗談めかして笑った。稀夕は内心で苦笑した。どの診療科でもそうかもしれないが、医師は「親しくなったら、便利にタダで診てもらえる」と思って寄ってくる人間に一定数出会うことになる。そういう時のために、稀夕は対応をあらかじめ決めていた。

「あまり親しくなりすぎると、診られなくなってしまいますよ」

「どうして？」

「近すぎると客観的になれなくなってしまうからです。精神科に限らず、『身内は診ないほうがいい』と、古くから医者の世界では言われているんです。実際に、感情移入が過ぎて正確な診断や治療が施せないことが多いですから」

「じゃあ、ほどほどの距離がないとダメってことですね。……あ、そうだ、わたし……まだ名乗っていませんでした。キホコっていいます」

「キホコ？　あなたも変わったお名前ですね。どんな字を書くんですか」

「糸へんに己の紀に、稲穂の穂と書いて、紀穂子です」

稀夕は脳裏に漢字を書き記し、読み返した。

紀穂子は稀夕の横に立ち、夜風に煽られた長い髪を右手でさらりと押さえた。その指先はピアニストらしく長く繊細でしなやかだった。

「夜の海って、わたし好きなんです。暗くて深くて……人間の深層心理みたいなものを連想させるからかしら」

稀夕はそんな呟き声を耳にしながら、紀穂子の均整のとれた横顔と、栗色がかった光沢のある長い髪に目を奪われていた。

——綺麗な女性だな……。

しかし、彼女は突然、小さなうめき声を上げ、両手を口に当てて苦しみだした。

「どうかしましたか？」

「す、すみません。さっきから吐き気がして。ちょっと、失礼します」

蒼い顔をして、やっとそれだけ言うと、彼女は稀夕のもとから走り去っていった。その足どりはよろよろとしておぼつかなかった。

——船酔いだろうか……。

稀夕は追ったほうがよいかと迷ったが、吐きそうな女性を追うことも配慮に欠けるように思って足を止めた。そして、消えていく華奢《きゃしゃ》な後ろ姿を目だけで追い続けた。

3

その日の午後九時五十分、稀夕は、北天神の雑居ビルの五階にある小さなショットバーにいた。

店内は深海をイメージした暗めの照明が施され、ジャズ調のクリスマスソングを流している。

一人ではなかった。隣にはピアニストの紀穂子が座っていた。

紀穂子は体にぴったりした黒のタートルネックセーターとタイトなミニスカート、それに黒いロングブーツという服装に着替えている。

三十分ほど前、稀夕は港に戻った豪華クルーズ船を降りた。周囲の人たちに挨拶をしていた時、一人でいた紀穂子を見かけた稀夕は、それが当然のことのような思いに駆られて彼女を呼び止めた。

「よかったらもう少し飲みに行きませんか」

そんな月並みな誘い文句が、何のためらいもなく自然と口をついて出た。

まるでそれが運命で定められていたかのような気がしたのだ。

紀穂子もまた、稀夕の少々強引ともいえる誘いを拒もうとはしなかった。それどころか先刻の非礼を詫《わ》びると、むしろ自ら進んで稀夕についてきた。

「船に弱かったんですね」

稀夕はテキーラサンライズを口元に運びながら訊いた。

「ええ、だから船のお仕事はほんと苦手で……。でも今夜は勇気を出して引き受けて良かった」

「どうして？」

「それは……先生に出会えたから」

ミモザを飲んでいた紀穂子が無邪気な顔をして白い歯を見せた。

「いや、そんなこと言われると照れちゃうなあ。それって本心？」

「ううん。お酒の力かも。わたし、船と同じでお酒にも弱いから」

「はあ？」

稀夕は、チャームのピーナッツを二、三個まとめて口の中に放り込みながら、大胆なことを口にして自分をたじろがせる紀穂子という名の女性を甘く睨みつけた。

「あ、ごめんなさい。先生をからかってるつもりじゃないの。緊張しちゃってて」

紀穂子が口元を片手で押さえて笑った。

そんな会話の中で少しずつ紀穂子のことがわかった。名前は、渡瀬《わたせ》紀穂子。北九州市小倉の出身で、父親は外科の勤務医、母親は紀穂子が高校生の頃にがんで亡くなった。現在は二歳年下の咲子《さきこ》という妹と二人で福岡市内のマンションに住んでいて、福岡市にあるマンモス私大の経済学部を卒業してから、とある会社の秘書室で働いたが、わけあってそこを退社し、その後は、趣味だったピアノの演奏活動をして何とか生計を立てている。付き合っている男性がいるにはいるが、別に将来を誓い合うほどの仲ではないそうだ。

稀夕もまた、自分が西区で精神科の病院長をやっていること、父親が地元に顔が利く関係でテレビにも出ていること、結婚したいと思った女性がかつていたにはいたが、意外と奥手な性格で結婚には至らず未だに独身であること、趣味のゴルフはシングル級の腕前であること、スムース・ジャズが好みでポール・ハードキャッスルやケニー・Gを愛聴していること、そしてまた熱狂的な横浜ＤｅＮＡベイスターズのファンであることなど、自己紹介めいたことを伝えた。

最後に座右の銘は、『暗闇を呪うより、ろうそくの火を灯せ』という格言であることも付け加えた。誰の言葉かまでは知らなかった。

話が一段落した時、

「先生ってテレビのイメージと違うのね。思っていたよりおじさんぽい」

と、紀穂子がちょっと悪戯《いたずら》っぽい眼差しを向けてきた。稀夕が、テレビ用のクールなキャラクターを装う必要はなく、三十代前半というより、まるで四、五十代でもあるかのような、親父感満載の話ができていたからだろうか。

　やがて紀穂子が三杯目のカクテルを注文した。

「どうしてわたしのこと、誘ったんですか？」

　紀穂子が尋ねてきた。稀夕は、アルコールの力もあって衒《てら》いなく言った。

「あなたが、とっても綺麗だったから」

「もぉーっ、本当のことを言ってください」

「ホントだよ。僕は嘘なんかつかない」

　しかし、それは嘘だった。紀穂子に女性としての魅力を感じたのはもちろんだったが、それ以外の何かが、そう、何か強い力が稀夕をそうした行動に走らせていたことに、稀夕自身何となく気がついていた。

「じゃあ、その言葉が本心だとして、このあとは、どうエスコートしてくれるのかしら」

　紀穂子が、少しかすれたような低い声で呟いた。

「そうだなぁ……」

　稀夕は、伏し目がちにちょっと強張《こわば》った表情を浮かべる紀穂子の真意を計りかねながら彼女の横顔に見入っていた。

　警戒しているのか、誘ってほしいのか——

稀夕の長すぎる沈黙にしびれを切らしたのか、ほどなく彼女のほうから口を開いた。

「わたし、このまま帰りたくない」

紀穂子はそう言うと、おずおずとではあったが、すでに潤んだ瞳を恨みっぽく稀夕に向けてきた。その何かを促す視線は、稀夕の沈黙に対する抗議とも受け取れた。

彼女の挑発はいったいどこまで真剣なのだろうか。それとも、からかっているだけなのだろうか。

もとより、人の心を推測するのは苦手だった。精神科医のくせにと言われそうだが、実は精神科医も人の心を読むのに長《た》けているという人はそう多くない。ただ、人の言うことに耳を傾け共感できる能力が、他の科の医師よりもいくらか長けている人が多いだけだ。

稀夕は紀穂子の言葉を疑っていた。嘘よ、冗談に決まってるじゃない、なんて言われたら立つ瀬がない。

――よし、ここは直球で返すしかない。稀夕は意を決した。

「それって、僕を誘ってるの?」

「そうよ。わたし、先生にどうしても聞いてもらいたい話があるの」

紀穂子が艶めかしく微笑んだ。

「話……だけ?」

「男の人が考えるような行為は求めてないから安心して」

紀穂子が目の端で稀夕を睨みながら言った。

――いや、安心というか、それを言うなら落胆だろう。

稀夕は心の中だけでぼやいた。

「いいですよ、何でもお伺いしますよ――どうぞ」

稀夕が、がっかり感をあからさまにして答えた。

紀穂子は大きくうなずいてから、今度はすがるような視線を投げてきた。

「ありがとう、でも、ここじゃ駄目。できれば二人っきりのところがいいの。ねえ、今すぐ、わたしをここから連れ出して」

この言葉を聞いて、どこかクールな顔立ちの紀穂子の白い頬が、桜色に上気していることに稀夕は気がついた。

どうやら彼女は真剣なようだ。

稀夕はついに突き動かされた。

ここまで女性に言わせておいて引き下がれるか。それもこんなに綺麗な女性に……。

ふたたび、降って湧いた魅力的な誘惑に稀夕の胸は高鳴り始めた。

「僕が立春の日の殺人鬼でも知りませんよ」

こんな時は、ジョークが必要だ。

「大丈夫。今日は二月四日じゃないから」

クールにそう切り返してきた紀穂子に、稀夕は意を決してうなずいてみせると椅子から立ち上がった。紀穂子もまた、はにかむように柔らかい笑みをこぼして稀夕を追って席を立った。

4

二人は、須崎埠頭に居並ぶホテル街にタクシーで乗りつけ、外装をベージュ色のタイルに包まれた八階建てのホテルの前へと進んだ。紀穂子が指定したホテルだった。

紀穂子は稀夕の腕に手を絡ませて身体を寄り添わせてくる。まるで稀夕の気持ちが変わらないように歯止めをかけているかのようだった。

どこか落ち着かない雰囲気のロビーで電光掲示板に表示されているいくつかの空いている部屋の中から、どこにしようか迷っていると、ちょうど見知らぬカップルが入り口から入ってきた。稀夕は慌てて二階の空室を選んだ。まったくの独断だった。

紀穂子は何も言わなかった。ただ表情を恥じらいでいっぱいにして稀夕の肩にしなだれかかっている。

エレベーターはあったが、稀夕はあえて横の階段を歩いて昇ることを選んだ。

紀穂子はちょっといぶかしげな表情を浮かべたが、運動不足だからなるべく歩こうと思ってね、という中年親父のような稀夕の言い訳に、クスッと笑っただけだった。

選んだ部屋のドアを開けて室内に入ると、部屋の中は、こざっぱりとして清潔な感じがした。月に一回は宿泊する東京都内のビジネスホテルなんかよりよっぽどましだと、稀夕は思った。

さっそくコートと上着を脱いで、小さなクローゼットのハンガーにかけた。遅れて部屋に入ってきた紀穂子は、バッグをソファの端に置くと、そのまま無造作に窓際まで行ってレースのカーテンの端を少しだけめくった。

稀夕も彼女の背後に立ち、小さくあいたカーテンの隙間から窓の外の景色に目を凝らしてみた。埠頭の薄闇の中、都市高速道路の上に橙色の照明ランプが等間隔に並んで見える。

都会的な深閑とした景色が妙に背徳感を駆り立てた。

元来女性には奥手の稀夕だった。こうした場合、どういう手順をとったらいいのか戸惑った。迷った挙げ句、腰を抱き寄せようと、左手を彼女の瘦せた腹部の前にまわそうとした。すると突然、紀穂子は体をくるっと回し、稀夕の伸ばしかけた手をするりとすり抜けて、稀夕の正面に向いた。左手が不格好な様で宙を彷徨《さまよ》った。

――な、なんだよ。ここは手くらい伸ばさないと絶対失礼だよな。それともやっぱり誘われているわけではないのだろうか……。でも、こんなところに一緒に来たわけだし……。

そうした葛藤を繰り返しながら、稀夕は無言のまま紀穂子の細い肩を両手で優しくつかんで抱き寄せると、自分の唇を重ねようと、ゆっくり顔を近づけていった。

彼女は拒みはしない。そんな確信があった。

しかし、それが単なる稀夕の身勝手な思いこみであったことに、次の瞬間気づかされた。

紀穂子は、顔をさっと横に背《そむ》けると、稀夕の両手を穏やかに解き払い、ベッドの方まで足を進めた。

稀夕は、あっけにとられてうろたえた。

振り返りざまにベッドの端に腰を下ろした紀穂子は、とり澄ました表情で言ってのけた。

「わたしがここまで来たのは、先生とエッチするためじゃないのよ」

「じゃあ、何のため」

稀夕は拗《す》ねたような素振りを見せつつも、努めてクールなふりをして尋ねた。

「さっき言ったでしょう、聞いてもらいたい話があるって」

言葉の内容とは裏腹に、その口調は穏やかだった。

「ああ、そうだったね……」

肩すかしを食ったままの稀夕は、何となく身の処しようがなかった。

「いやあ、僕も本当はそうなんじゃないかって思ったんだけど、ほら、男としてここはこんなふうにしないといけないんじゃないかって、変な役割意識みたいなものがあってね……。わかるかなあ……、わかるよね」

自分の愚かな勘違いだったことへの気恥ずかしさを誤魔化そうと、稀夕はしどろもどろになって弁解した。

紀穂子は涼しげな目元に落ちついた笑みを浮かべて、ただうなずいてみせた。

稀夕は、その態度に一安心すると、冷蔵庫を開けて中から缶ビールを二本取り出し、紀穂子の真横に腰をかけて脚を組み、うち一本を彼女に差し出した。

「では、そのお話とやらをお伺いしましょうか」

稀夕は缶ビールのプルタブを開けながら、あえて大人ぶった余裕のある姿勢を取りつくろった。

紀穂子も同様に缶ビールのプルタブを開けると、喉を潤わす程度に口をつけた。

「ごめんなさい。先生をだましたみたいで」

彼女の言葉を聞いて、稀夕は普通に失望した。彼女にはその気がないと念押しされたに等しかった。いっとき甘い夢を見せられたあと、急に厳しい現実が押し寄せてきたという感じだった。

――やっぱり人の心ってわからない。

稀夕は落ち込んだ。

「でも、こうでもしないと先生をここまで引っ張ってこられないと思ったから。今夜、先生とデッキで偶然出会ったように言ったのも嘘。わたし、先生が今夜あのパーティーに出席することも知っていたし、先生に呼び止めてもらえるタイミングで船を降りたの」

紀穂子が、気おくれしたような表情と妙に優しい口調で、まったく思いがけないことを告げてきた。その綺麗な瞳は、稀夕が期待したのとはまったく別の意味での潤みを帯びていた。

——今夜のことは偶然訪れた幸運ではなかったんだ。すべて彼女自身が何らかの目的を持って仕組んだことだったのか……。

紀穂子の告白に頭を棍棒で殴られたような強い衝撃を受けた稀夕は、彼女の視線から逃れて頭を冷やそうと一旦立ち上がった。

カーテンが開けっ放しにされたままの窓の外には、半分欠けた月がどこか悔しそうに輝いて見えた。

稀夕は溜め息をついて尋ねた。

「それで、僕をこんなところまでわざわざ誘い出して聞かせたかった話っていうのはどんなこと？」

稀夕は、紀穂子への抗議の意図を示すために、あえてベッドから少し離れたところにあるソファに座り直していた。

紀穂子は明らかに躊躇《ちゅうちょ》していた。

「それがどこからどう話したらいいのか……」

消え入るような声だった。

「いいですよ。時間はたっぷりあるんだから。ただしタイムリミットは三時間だけどね」

ロビーの電光掲示板に休憩は三時間と表示されていたことを思い出してそう告げると、稀夕は彼女の言葉を待った。

「わたし、病気なの」

——おいおい、病気の相談なら昼間病院に来てくれよ……。

稀夕はムッとして反射的に脚を組み替えたが、医者の性《さが》というか何というか、つい彼女に尋ねてしまった。

「いったいどこが悪いの？」

「心と体の両方。はっきりとした原因はわからないけど、漠然とした恐怖心にいつも怯えているの。その恐怖心のせいか、人をぜんぜん信用できない。それから、午前十一時頃になると決まって首の後ろのあたりがものすごく痛くなる。ちょっとでも緊張すると吐き気がして、食べたものをもどしてしまったり、お腹がゆるんでしまうの。色気のない話で本当にごめんなさい」

まったくだ、と、稀夕は思ったが口にはしなかった。

それどころか、つい問診を始めてしまった。

「首のほうは整形外科で診てもらったの？」

「もちろん。いろんな病院でたくさんの検査を受けたけど、整形外科の先生からは何も異常はないと言われ続けているの」

紀穂子が悔しそうに言った。患者とは「病院で検査を受けて、悪い病気と言われたらどうしよう」と心配し、また検査の結果どこも悪くないと言われたら「何か見落とされたのではないか」と心配する、極めてナーバスな存在だ。そんな時、何よりも安心感を与えてくれるのが医者の丁寧な説明だが、紀穂子はそうした担当医に恵まれなかったのだろうと稀夕は思った。

「では、嘔吐や下痢についても内科的にはチェックずみということだよね？」

「そうなの。どこの病院で調べてもらっても同じで……」

「それなら簡単だ。明日、僕の病院の外来に来てみて。きみはきっと不安障害という心の病気だ。きみの病気、すなわち心因性の首の痛みや嘔吐、下痢、それに漠然とした恐怖心を治療してみよう」

内科でも整形外科でも異常がないのなら、残るは心因性の疾患しかない。次は精神科医の出番だと判断した稀夕はそう告げたが、内心ではうんざりしていた。症状の相談ならストレートに病院の外来にかかってくれればいいのに……。そんな恨み言が、まだ胸の中にくすぶっている。

「先生、昼間の仕事をどうしてこんなところまで持ち込むのかって考えているんでしょう」

「いや、僕は何もそんな……」

稀夕は、紀穂子に図星を指されてドギマギしてしまい、彼女から視線を逸らした。

「でも、そうはできなかった、ちゃんとした理由があるの」

紀穂子の目にはいわくありげな強い光が宿っていた。

「ほう、それは何？」

「わたし、最近、夢を見たの」

稀夕は、彼女が最近『スマッシュ・イブニング』で夢分析を披露している自分を見て、ここで夢分析でもさせるつもりなのかと勘ぐったが、それは間違いだった。

「わたしの夢枕にある男性が立ったの。その男性がはっきりとわたしに言った。『あなたは、日本人として生きた三つの過去生のカルマを背負っている』と。そして『それを癒せるのは僕だけなのだ』と」

嫌な予感が稀夕の胸中を駆け抜けた。

「その男性って、もしかして……」

「そのとおりよ。あれは間違いなく小此木先生だった」

「渡瀬さん、それはきみの思い込みか、単なる偶然。夢には、その前の日に観た映像やイメージが出てくることがよくある。おそらく、貴女は『スマッシュ・イブニング』で僕を観て、それが夢に出てきた……それだけのことだよ」

稀夕は、いつのまにか彼女のことを渡瀬という姓の方で呼んでいた。

稀夕の意識の中で、もはや彼女は思いがけない一夜のアバンチュールを運んできてくれた天女《レディ》のような存在から、日常遭遇する患者の一人へと変わっていた。

紀穂子は哀しそうな目をして、小さな唇の間から長い溜め息をついた。それからややきつい表情を浮かべて尖った視線を稀夕に投げつけてきた。

「先生は、わたしが、夢の中でたった一度先生の姿を見たり声を聞いたりしただけでこんなお願いをしてると思う?」

「他に何か理由でも」

稀夕はクールに返した。

「わたし、先生がテレビに出るようになるずっと前から、見ず知らずの先生の夢を見たり、先生の名前を心の中のどこかで感じたりしていたの。今年の九月頃だったかな、最初に先生の姿をテレビで観た時は失神しそうなほど驚いた。夢の中の救世主が実在していて、わたしと同じ福岡の街に住んでいて、しかも精神科医だったなんて……って。あの時覚えた感動は、わたし、一生忘れることはないわ」

確かに、稀夕がテレビにレギュラー出演しはじめたのは八月初旬のことだったから、この点の辻褄《つじつま》は合っていた。

「それならどうして、すぐに僕の病院の外来を訪ねなかったんだ？」

「そうしたらどうなったと思う？『わたし、先生の姿を夢の中で見て、先生からカルマについてのお告げを受けました。だから治してください』って言ったら、別の病気と間違えられてたでしょ。それが怖くて、先生の病院にはどうしても行けなかった」

紀穂子は、さっきまで濡れかかっていた瞳に眩しいほどの輝きを蘇らせていた。

稀夕は、返事を口にすることはしないで、確かに……と言うように、首を何度か縦に振っただけの反応にとどめた。

だがすでに、心の中には、彼女が妄想性の統合失調症なのではないかというような疑いが生じていた。だとしたら、この場をどう納めたらいいのだろうか。

「それに、わたしにはもっと急いでしなければならないことがあった」

「それは何？」

「カルマとか過去生とかについて知ること」

「さっきから口にしているけど、そのカルマって何？」

稀夕は、彼女の口からたびたび出てくる得体の知れない言葉に面食らっていた。

「業《ごう》とでも言うのかしら、今生における自分および他人に対する借り、あるいは因果といったものよ」

「どうやって調べたんだ？」

「ネットには、その種の情報があふれてるから」

「なるほどね。なかなか科学的だ」

稀夕の皮肉が通じたのか、紀穂子が苦笑した。

「先生は精神科医だからご存じかもしれないけど、過去生や前世療法やそれにまつわるさまざまな癒しの療法は、もうかなり一般的な人類全体の関心事になってきてるのよ」

「そりゃあ、深層心理学の巨人と謳《うた》われたユングが超心理学にも着手し、人間の無意識の深い層の中に全人類に共通する普遍的無意識を見出した、ってくらいの知識はあるよ。そして、ほら、アメリカの精神科医の、えーっと誰だったたっけ……」

「ブライアン・ワイス博士でしょ」

「そう、そのワイスが『前世療法』という本を発表してから、過去生まで遡れるという退行催眠療法が脚光を浴びるようになった。僕が知ってるのは、せいぜいその程度かな」

「さすがね。先生の言うとおり、その頃から、ヒプノセラピーっていう催眠技法を使用するセラピーが全米で一躍ブームになって、どんどん普及していったそうなの」

「元々アメリカは、精神分析が大好きなお国柄だからね」

「日本にも、ヒプノセラピストはもう何人もいるの」

「では渡瀬さん、貴女はそうしたヒプノセラピストのところに行って先ほどの夢の暗示のことを相談したらよかったんじゃないですか」

　稀夕はやや意地悪っぽい表情で言った。

「もう行きました。東京、横浜、神戸と回って、三人の高名なヒプノセラピストの先生がたとお会いして、退行催眠療法や前世療法というものを受けました」

「その結果、駄目だったとでも……」

「確かに、三千年前の中国人とか、中世ヨーロッパ人だとか、そういう過去生は体験できました。でも、肝心の日本人としての過去生は出てこなかった。そして三人の先生は、異口同音に『夢の暗示に従うしかないのでは』と言ったの」

「そんなの、彼らの単純な逃げ口上じゃないか」

　稀夕はあきれ果てた。

「そんなことないわ。三人ともそれぞれ立派な方々で、あなたと違って、皆さん、真摯にわたしの話に耳を傾けてくれたのよ」

「僕が真摯ではないと？」

「先生は、まだわたしのことを心の病気じゃないかって疑っているんでしょ」

「そんなことは……」

当然そう思っていた。日常、精神科の臨床をしていて、心を病む人たちの感性の鋭さにはいつも驚かされるが、渡瀬紀穂子の読心術もまたたいしたものだ。

「だから、お願いします。ここで、わたしに退行催眠療法を施して。先生なら、きっとこの苦しみからわたしを解き放ってくれるはずだから」

そう言うと紀穂子は、突然、崩れ落ちるようにして稀夕の膝もとまで駆け寄り、その体にすがってきた。

稀夕の顔を下から見上げながら、懇願の意思を精一杯送ってくる。

稀夕は困惑した。

「そんなこと言われても、僕には退行催眠療法の経験なんてまったくないし……。そんなのできるはずがない」

稀夕は、少々語気を荒くして言い放った。

——僕の専門は、気分障害と老年精神医学なんだ。

心の中で声を大にした。

それでもまだ紀穂子は哀願し続けた。

「それは大丈夫。実は、わたし、いろいろ勉強して、すでに自己退行催眠ができるようになっているの。先生は、ただわたしの横にいて、わたしを導いてくれればいいから」

「導くって、どんなふうに？」

「先生の存在が、わたしを重要な過去生へと導いてくれるはず。だから先生の言葉はあまり意味をなさないの。でも、疑問に思ったことは何でも訊いてみて。何も恐れないで」

——なにが何も恐れないでだ。冗談じゃない。夢のお告げや、過去生回帰現象なんかを鵜呑《うの》みにして。馬鹿も休み休み言ってくれよ。

科学的常識に支配された日常を送っているという点では人に負けないと自負していた稀夕は、心の中で、ブツブツとぼやいていた。紀穂子の言うことは、とうてい信じられるレベルの話ではなかった。

稀夕は決意した。

「たいへん申し訳ないけど、僕にはとてもできそうにない。今夜あなたが僕をだましたことも、僕が妙な下心を起こしてあなたをここまで連れてきたことも、お互い様と言えばお互い様だし、今夜は何もかもなかったことにして、もうそろそろ引き上げようか」

すでに酔いはすっかり醒めていた。稀夕はすっと立ち上がった。

「どうしても嫌だと……」

追うようにして立ち上がった紀穂子はとても哀しそうな目をして言った。

「僕も科学者の端くれだし、前世なんてそんな神秘主義的なことには元々否定的な立場なんだ。……そうだ、明日、病院の外来で待ってるから、よかったら来てみて。そこで改めて仕切り直しをして、きみの治療をスタートしよう」

稀夕はなるべく穏便な口調で告げて、今夜の馬鹿馬鹿しいパーティーにピリオドを打とうとした。

その時、紀穂子がまったく予想外の行動に出た。羽織っていたものをいきなり脱ぎ始め、服の胸元を自分自身でぐっとつかむと乱暴に引き下げた。肩口から胸にかけてのビジューが切れて床にバラバラと落ちた。

稀夕は目を丸くしたが、言葉をかける間もなく、紀穂子は続けざまにスカートを引き上げ、ストッキングを力任せに引き裂いた。

色仕掛けか、と稀夕は思ったが、その読みは甘すぎた。必死の形相をした紀穂子が挑むような口調で告げてきた。

「悪いけど、もうこれしか先生に協力をお願いする手はないの。もし先生がどうしてもこのまま帰るというのなら、わたし、ここからすぐに警察に電話する。テレビでも有名な小此木稀夕先生にここでレイプされかけたってね」

「ちょっと待って……それは脅迫だよ」

どうやら彼女は本気らしい。このまま逃げ出したら何をするかわかったものではない。こんな時、男に勝ち目はない。もしマスコミにでも流れたら、世間は稀夕へ集中砲火を浴びせるに違いない。稀夕は観念した。

「……わかったよ。僕の負けだ。きみの気がすむまで協力するよ」

「ほんと？」

紀穂子の表情が一変した。あきれつつも稀夕は、しょうがない、という顔でうなずいた。こうなったら成り行きに任せるしかない。そんな境地だった。

「ありがとう。それじゃあ、さっそく始めますね」

紀穂子はそそくさとベッドの上に上がり込んで仰向けになった。服の一部が裂けて乱れたままの、男には刺激的な格好だ。思わず均整のとれた肢体に目が奪われる。稀夕は自虐的な溜め息をついた。

「さあ、先生もここに来て」

紀穂子は自分の体の右側のあいている位置を指し示した。稀夕はその場所まではい上がり、自分の左肘で上半身を支えるような半身《はんみ》の姿勢をとって横になった。紀穂子の顔を斜め右上から見下ろすような位置関係になった。

稀夕は、この奇妙なシチュエーションにまだ戸惑っていた。

「それじゃあ、わたし、これから瞑想して自己退行していくから」

紀穂子は、それだけ言うと両手をだらんと左右に伸ばして、そっと両目を閉じた。どうやら体中の筋肉を弛緩させようとしているようだ。

「これ、死人のポーズっていうの」

彼女は、鼻から息を吸い、ゆっくりフーッと口から息を吐き出す規則的な深い呼吸を開始した。

そのうち彼女の表情が非常に安らいだものへと変化し、まるで至極の幸福感に包まれているようになっていった。どんどん深いレベルまでリラックスして、一種のトランス状態へと到達しているかのようだ。

表情にはどこか高貴な美しさが宿っていた。男心をくすぐるものではなく、人間存在上の美とでも表現したらいいのか、まるでお釈迦様の表情に浮かぶ永久の美しさのような尊さがあった。

稀夕は、幸せそうに眠る我が子に添い寝しながら幸福を噛みしめている母親のような気持ちになっていた。

二人を包む気配が一つになって十五分くらい経った頃、経過観察の沈黙にしびれを切らした稀夕は声をかけてみた。

「渡瀬さん、きみが背負っているカルマの原因となった時まで戻ってみるんだ」

紀穂子が『あなたは、日本人として生きた三つの過去生のカルマを背負っている』と言われた話をしていたことを受けての言葉だった。

それまで穏やかだった紀穂子の表情が一転して曇り、その途端、何かに憑《つ》かれたかのようにおぼろげに口を開いた。それは抑揚のない低い声だった。

「……今、私は白い装束《しょうぞく》を身につけています。どこかの広い河原の玉砂利の上に身体を縄で縛られたまま座らされています。たすきがけをした侍が、刀を持って私の隣に立っています。侍は怖い顔をしています。私は死の恐怖に怯えています。その様子を遠くのほうからたくさんの人が格子越しに見物しています……。私は、午《うま》の刻になると処刑されるのです。斬首《ざんしゅ》の刑です。私は無実です。どうしてこんな理不尽な目に遭わないといけないのでございましょう」

稀夕は愕然とした。目を閉じたままの紀穂子が、男性の声音《こわね》になって突然語りだしたのだ。話の中身にも頭がついていけなかった。

「渡瀬さん、きみは何のことを話しているのかな。僕にもわかるように説明してくれよ」

「……私は、有馬藩の御典医《ごてんい》を申しつかっていた古川俊英《ふるかわしゅんえい》という外科の医師です」

「古川俊英？」

聞いたこともない名前だし、どう考えても男の名前だった。

「私は、無実の罪で処刑されようとしています。どうか助けてください」

紀穂子が苦しそうに表情をゆがめた。それまでリラックスしていた体のいたるところの筋肉に力を込めたかと思うと、体全体を弓なりに反らして緊張感を高める。

――この反応は、何らかのヒステリー症状を起こしているのか、それとも幻覚や幻想でも観ているのか……。まさか、本当に過去生返りしたわけではないだろうに……。

さまざまな思いに揺さぶられ、稀夕もまた、紀穂子同様に緊張感を強めていた。

この際だ、訊けることは訊いておこう。稀夕はそう思った。

「今、きみがいる時代はいつなの」

「……慶応元年の五月二十九日です」

紀穂子が即座に答えた。慶応元年といえば江戸時代で、確か明治の一つ前の元号だから、西暦でいえば一八六五年くらいだろうか。

稀夕は別の質問を用意した。

「殿様の名前は？」

「有馬藩十一代藩主、頼咸《よりしげ》様でございます」

紀穂子のしゃべり方はいよいよ俊英という男性になりきっているようだ。その表情は苦痛に満ち満ちていた。

「では訊くけど、きみはどうして処刑されようとしているの？」

「この年は改元で元治から慶応となりますが、すべて慶応の元号で申し上げます。今年、慶応元年の三月二十四日の夜明け前、頼咸公が何者かによって竹鉄砲で襲撃されたのです。下手人は逃げ延びましたが、その場に竹筒とそれに巻きつけた反古紙《ほごがみ》が落ちていました。その紙に私の名前が書き記してあったため、私は藩のお目付役により逮捕され、吟味《ぎんみ》の結果、斬首の刑に処されることになったのです。きっと、私は誰かに陥れられたのでしょう。心を掻きむしられるような無念が私の胸中を覆っております……」

紀穂子の苦痛にゆがむ表情も悔しさをにじみ出す口調も、稀夕をたじろがせるのに充分なほど真に迫っていた。

稀夕が次の言葉を迷っていると、突然背を仰《の》け反《ぞ》らせて大きく悶絶した紀穂子が小さなけいれんに身を震わせ、そのままガクッと崩れ落ちた。

古川俊英という人物が首をはねられ、逝ってしまったのだと稀夕は悟った。

紀穂子の唇をゆがめた表情は十秒ほど続いただろうか。それから徐々に、彼女の顔に元の安らぎが戻ってきた。稀夕はホッとした。しかしそれも束の間、ふたたび紀穂子が口を開いた。

「わたし、……おさげの髪をして頭の上に可愛いリボンをつけています。それに紫の袴《はかま》をはいています。手には今、ちまたで流行《はや》っている革の鞄を持っています。福島県の会津若松の女学生です。名前は坪内《つぼうち》フサ子といいます」

ふたたび別の時代のまた別の人物になりきったかのように紀穂子がしゃべりだした。言葉のアクセントに東北弁のような訛《なま》りを感じた。

「きみは、今いくつなの？」

つられるようにして稀夕は尋ねた。

「十六歳です」

「では今度は何年なの？」

「明治二十七年です。この八月に日清戦争が起こりました」

「なるほど……。もしかして、きみはその時もつらい死に方をしたの？」

稀夕は、さきほどの御殿医古川俊英の不遇の最期のことを思い出して、今では自分のことを坪内フサ子と名乗っている紀穂子に尋ねてみた。

次第に紀穂子が息苦しそうな顔つきになっていった。

「明治二十九年、わたしは東京の本郷にある酒場の店主のところにお嫁に行きました。わたしはその店の求人広告を見て応募し、店の主人に見初《みそ》められて結婚したのです。夫は、私よりかなり年上で、その人の名は……」

結婚相手の名前を口にしようとして、紀穂子が急に眉をひそめた。

「それは誰？」

ひるまず稀夕は訊いた。

「名前は、猪俣栄《いのまたさかえ》」

そして紀穂子は一瞬目を開けると、「でも、この人は、幸哉《ゆきや》さんだわ」と呟いた。

「幸哉さんって？」

「わたしが、紀穂子としてのわたしが今付き合っている人です」

この時点で、一つはっきりしたことがあった。紀穂子の意識には、今、坪内フサ子と渡瀬紀穂子の二つの人格が同時に存在しているということだ。

紀穂子は解離性同一性障害（多重人格）なのだろうか。単に明治時代の幻想の世界を思い浮かべているだけという解釈を除けばだが。

稀夕は、もっと時を進めて、死ぬ場面まで行ってみるよう指示した。

「嫁ぐまでわたしは、健康で元気そのものでした。でも、結婚してから急に体調を崩しました。毎日嘔吐と下痢を繰り返しました。そして痩せていきました。何人ものお医者様が診てくれました。でも、お医者様は皆、首を傾《かし》げるばかりでした。一度だけ入院もしました。その時少しはよくなりました。でも、退院してから、それまで優しかった夫の態度が変わりました。わたしは、毎日のように夫に口汚くののしられ続け、何度も何度も暴力をふるわれたのです。それから三日後、わたしはひどい吐き気と苦しみに襲われ衰弱して死んでしまいました。明治三十一年一月のことです」

紀穂子は苦渋に満ちた表情をたたえて全身を強張らせ、それだけのことを語り終えると急に体中の緊張が解けたように華奢な体をゆっくりとベッドの中に沈めていった。なるほど、紀穂子が現在抱えているという嘔吐下痢症を説明するのにふさわしいエピソードではある。稀夕は一瞬そう思ったが、どうもできすぎているようにも感じられた。

そうこうしているうちに、紀穂子の表情が、元の安らかなものに戻った。彼女は、一つの人生を終えて安らいでいるようにも見えた。

こうなったら、もう一つの過去生のことも尋ねてみよう。稀夕はそんな気になった。なにせ、彼女は日本人として生きた三つの過去生のカルマを背負っているはずなのだから。

「もっと続けてください。他に何か思い出せる？」

ややあって紀穂子が唇を動かしはじめた。

「池のほとりを歩くモンペ姿の女の人が数人見えます。何か、皆、思い詰めたような表情をして足早に歩いています。その池というのは、東京の大田区の洗足池《せんぞくいけ》です」

「きみもモンペをはいているの？」

「いいえ、わたくしは着物を身につけております。白菊を裾模様にした加賀友禅《ゆうぜん》でございます。市松柄の帯をしめ、白革のハンドバッグを片手に持っておりますわ」

紀穂子の口調は貴婦人的とでも表現したらいいのか、気品に満ちた話し方へと変貌していた。稀夕はたじろいだ。

「きみの名前と年齢は？」

「秋山《あきやま》美千代《みちよ》、三十三歳。子爵秋山孝之助《こうのすけ》の家内でございます」

「子爵ですか……。で、今は何年？」

「昭和十九年でございます」

「今度は太平洋戦争中か……。それでは、きみがもっとも苛酷な運命に出合うシーンを教えてくれないか」

稀夕が尋ねると、紀穂子の表情がまた険しくなった。

「それは、昭和十九年の二月になってすぐの出来事でした。わたくしには百合子《ゆりこ》という十三歳になる娘がおりますが、その子が誘拐されたのです。犯人は、身代金をわたくし一人で指定された場所に持ってくるよう指示してきました」

「指定された場所というのは？」

「箱根の山中です」

「きみはどうやってそこまで行ったの？」

「年輩の運転手に自家用車を運転させて参りました」

「で、娘さんを無事に救い出せた？」

「いいえ、なんと、それはむごいことに、悪辣《あくらつ》な罠でございました。わたくしは、娘を取り返すこともできず、箱根山中にある山小屋の地下室にある独房の中に閉じ込められてしまったのです。真っ暗で冬の寒さが肌身にしみる独房でございます」

そう言うと紀穂子は、何かおぞましいものでも見たように体を一度ブルッと震わせてから背筋を仰け反らせた。その表情は恐怖に満ちていた。

「誰も助けに来なかったの？」

「いいえ、あとから男の人が来ました。それは娘の家庭教師をお願いしていた唐沢英《からさわえい》治《じ》さんという人です。唐沢さんは、東京帝国大学の学生さんでしたが、片足がご不自由でした。なんでも学徒動員で出兵された大陸の前線で地雷にやられたとかで。その唐沢さんが助けに来てくれたのですが、彼もまたわたくし同様捕えられ、隣の独房の中に閉じ込められてしまったのです」

ふたたび紀穂子が一瞬目を開けると、「ちょっと待ってください。唐沢さんは、先生だわ」と呟いた。

「先生って、僕のこと？」

「そうです、小此木先生そっくり」

稀夕は、気持ちが悪くなって、ゴクリと生つばを飲み込んだ。

「それで、きみと唐沢さんは、どうなったの」

「二人で励まし合いながら、ずっと助けが来るのを待ちましたが、その甲斐もなく二人ともだんだん痩せ細ってきて、とうとう体力的に劣るわたくしのほうが先に餓死してしまいました。暗闇の中で苦しみながら死を迎えたのでございます」

「唐沢さんもそこで死んだんだね」

「それは存じませんが、おそらく、耐え難い孤独の中でお亡くなりになったのでございましょう……」

「犯人は誰だったの」

「皆目、見当もつきません」

「昭和十九年といえば、世の中が戦時色一色に塗りつぶされた動乱の時代だ。警察の捜査力も弱体化していただろうし、おそらく犯人は逮捕されなかっただろうね……」

「犯人が逮捕されたのかどうかということより、百合子が無事に助け出されたのかどうかすらわたくしにはわかりません。とても口惜しゅうございます」

　苦悶の表情でそう語った途端、紀穂子の体からそれまでの強張りがふーっと抜けていった。恐怖と苦渋に満ちていた表情も、霧が晴れるように柔らかみを増し、やがて元の完全に安らいだ顔つきへと戻っていった。

　稀夕は、ホッと安堵する一方で、ひどく疲れを感じていた。しかし、渡瀬紀穂子が背負っている三つの過去生のカルマらしきものを、彼女の潜在意識から顕在意識へと立ち昇らせることはできたようだった。

「さあ、渡瀬さん、そろそろ戻ろうか。今から五つ数えるから、そうしたら完全に目を覚ますんだよ。いいね、いくよ、五、四、三、二、一」

稀夕は催眠療法で使う技法を懸命に思い出して導いていった。合図とともに、紀穂子は無事に目を覚ました。

紀穂子はとてもすがすがしい表情をしていた。

「今、きみが僕に話した三つの過去生のこと、もしかして覚えてる？」

ベッドの上にあぐらをかいて座り直した稀夕は、仰向けに横たわったままの紀穂子に尋ねた。

「ええ、だいたいは……」

意外な返事だった。稀夕は、全然覚えていない、という答えを予想していた。

「それなら訊くけど、三つの過去生において、きみはそれぞれ誰だったのか、名前を言ってみて」

「はい、有馬藩の御典医だった古川俊英、猪俣栄の妻のフサ子、それに、子爵秋山孝之助の妻の美千代の三人」

紀穂子の記憶は完全だった。稀夕は驚いた。

「きみは江戸時代に古川俊英という男性だったよね。女の人が、前世は男だったりすることもあるの？」

「男だとか女だとか、ぜんぜん関係ありません。体や性別は魂がこの世にある間だけの借り物にすぎないから」

紀穂子は自信ありげに堂々と答えた。

「そんなものなのか……。では別の質問だけど、きみが猪俣フサ子だった時、フサ子の旦那だった猪俣栄という人物は、今、きみが付き合っている幸哉さんだとか言ってたよね」

「彼は尾崎《おざき》幸哉さんといって、コンピューターソフトの会社に勤めている人だけど、わたしと彼との間にはいろいろと問題があって、今後のことに不安を感じているの。その幸哉さんと顔がそっくりだったので、びっくりしちゃって……」

稀夕は、何度か小さくうなずいた。

「それに、きみが秋山美千代だったという太平洋戦争中、きみの娘の家庭教師をしていた唐沢英治という人が僕に似ていたとも言ってたよね」

「そう、あの唐沢さんは間違いなく小此木先生だと思います」

「いったいどういうことなの？」

「それは、ソウルメイトという魂のグループがあるからよ。そのグループに属する魂は、何回も繰り返し一緒に、同じ時代、同じ場所に転生して、カルマを果たしてゆくの」

「ということは、古川俊英や猪俣フサ子の周りにも、僕の前世があったということになるよね」

「きっとそうよ。先生の魂とわたしの魂がソウルメイトだったとしたらだけど」

紀穂子が妖しく微笑んだ。

稀夕は、その微笑みに応《こた》えるべく笑ってみせた。しかし、ホテルの一室で繰り広げられた奇妙な成り行きに、思考回路は混乱を極めていた。

第二章　過去生との交信

1

　年の瀬とは思えないほどの穏やかな日差しに包まれた年末の金曜日、稀夕は朝から、早良区にある県立図書館に詰めていた。月曜日の夜、渡瀬紀穂子という女性と体験した過去生返りについて調べてみようと思ったからだ。

　その後、紀穂子からは何の音沙汰もなかった。別れ際に互いの携帯電話の番号は教え合ってはいたものの、稀夕のほうから電話してみる気にはどうしてもならなかった。

　しかし、その後彼女がどうしているのか気にならないと言えば、それは嘘だった。

　精神科医としては、やはり紀穂子は妄想型の統合失調症か、あるいはなんらかの薬物依存か、はたまた解離性同一性障害と考えることができた。また一方では、彼女の表情、態度、口調、論理性を精神医学的に総合判断すると、彼女はまったく正常な精神の持ち主で、彼女の言うとおり、単に過去生の呪縛にとらわれているのかもしれないという思いも捨てきれないでいた。

稀夕はその日一日を調べものに費やすことにした。元々、テレビ出演の打ち合わせなどで病院を抜けてもいい平日を一日確保するため、金曜日は病院外の仕事をする日と決めていた。

稀夕は、まず輪廻転生や過去生といったものが、科学という立場からどれほど学問的に探求されているのかということから調べることにした。

実際に当たってみると、怪しげな研究組織やら超能力者と称する輩《やから》が発行した刊行物から、仏教やヒンドゥー教、その他の宗教色の強いものまで、まさにありとあらゆる蔵書や単行本、もしくは研究論文が見つかった。

まさに玉石混交の刊行物の中から、稀夕はあくまでも世間が科学者であることを認めている著者の刊行物だけを選んだ。それでも、その数があまりにも多いことを知って愕然とした。特にアメリカの精神医学者の科学論文で輪廻転生を扱っているものが多いことには驚かされた。

バージニア大学医学部精神科教授のイアン・スティーブンソン博士――彼は、前世の記憶を持つ二千例の子供の例を集めて、一度も習ったことがない外国の言葉をしゃべる異語現象について報告していた。

カナダの精神科医J・L・ホイットソン――彼は、前世療法を活用した十三年間の研究成果を報告し、魂が一つの生から次の生へと転じる中間生の意味を科学的に探求していた。

死の臨床で有名なアメリカの精神科医E・キューブラー・ロス――彼女は、『死後の真実』という著書で二万件にも及ぶ実証的データを紹介している。

他にもブラウン大学のC・J・デュカセ教授、E・ミッチェル、F・レンツ、G・シュマイルダーなどなど数え上げたらきりがないほどの研究書や医学論文が見つかった。

そしてまた、日本にも前世療法を実践している越智啓子氏という精神科医がいて、『生命の子守歌』という著作を著している。稀夕は、驚くのと同時に自分の無知を恥じつつ、まずはこの本を借り出すことにした。

昔の人はよく『今生《こんじょう》の別れ』という表現をしてきた。今生では別れないといけないが、来世でまた会えるという意味が、そこには含まれている。すなわち、前世、今生、来世という考え方は、古来より日本では一般的にありふれた思想だったことを意味する。そういう思想や信念が、現代科学というバクによって食べ尽くされてしまったというのだろうか。だとしたらあまりにも寂しく、また愚かしいことのように稀夕には思えてきた。

午後の三時を過ぎた頃に遅い昼食を済ませた稀夕が次に足を運んだのは、郷土の歴史書のコーナーだった。紀穂子が自己催眠中に語った有馬藩十一代藩主頼咸公や古川俊英のことを調べてみたかった。

有馬藩といえば、江戸時代、現在の福岡県久留米市あたりを治めていた大名家である。この福岡の県立図書館ならそれに関する蔵書も備えているだろうと察しをつけてのことだった。

実際、有馬藩に関する歴史書は何冊かちゃんと備えてあった。しかし、古川俊英の事件について触れた書物はなかなか見つからない。なかば諦めかけた時、ようやく『久留米小史』という書物の中に、古川俊英について書かれている節を見つけ出した。稀夕は心の中で快哉を叫んだ。

しかし、その文語調の中身はとても難解だった。

苦心惨憺して古川俊英に関連するページを解読していくにつれ、稀夕は体の奥が小刻みに震えてくるのを意識しないではいられなくなった。

『慶応元年（一八六五年）三月二十四日未明、御殿医を格下げされた外科医古川俊英が、川狩りに出馬する藩主頼咸に三井郡櫛原町の村道の側から竹鉄砲を打ちはなし、その罪で、五月二十九日、二つ橋の刑場で斬首のうえさらし首にされた』という史実が確かに記載されていた。これは、渡瀬紀穂子が語った前世上の人物が歴史上確かに存在し、その人物にまつわる悲惨な事件が現実に起こっていたことの紛《まぎ》れもない証拠だった。

その書物によると、奥詰御医師列（位の高い武士を診る医師）をはずされた古川俊英が家に引きこもり鬱々としていたところ、ある夜、井戸に投身した女中きよの亡霊が姿を現し、『あなたの身柄は甚《はなは》だ危うい。如何《いか》なる方法でもいいから、早く殿様を殺せ』と繰り返してやまなかった、そして俊英がその気になったと見るや亡霊の姿は消え失せ、これより俊英はその機会を窺うようになった、とあった。

この時、稀夕の頭の中には二つの可能性が浮かんでいた。

一つは、この『久留米小史』に出てくる古川俊英の話を、渡瀬紀穂子がいつかどこかで見聞きしたことがあったという推測だった。だから彼女は自己催眠下で自分が俊英になりきった幻影にとらわれたか、あるいは巧妙に作話したという可能性だ。

そして残されたもう一つは、渡瀬紀穂子が口にしていたとおりに、彼女自身が古川俊英の生まれ変わりなのではないかという可能性だった。

稀夕は、それでも九割九分、前者の可能性を確信していたが、一つ気がかりなのは「古川俊英が実は無実だった」という記載が本のどこにもなかったことだった。古川俊英がそうした主張をしたことすら書かれてはいなかった。

もし、紀穂子が古川俊英にまつわる話をどこかで見聞きしたことがあって幻影を見たか作話したのなら、彼女はどうして俊英が無実だと主張したのだろうか。もちろんこれも、久留米に比較的近い小倉の出身だと言った渡瀬紀穂子が、実は古川家とは遠縁か何かでつながっていて、古川家の名誉のためにそう思い込んでいると考えることができる。それに彼女の父親は外科医だと言っていたから、その辺にひょっとしたら何らかのつながりがあるのかもしれない。あるいは、そういうこととはまったく無関係に、紀穂子の発言は単なる空想虚言のレベルにすぎないのかもしれない。

稀夕は、フワフワとして座り心地のいい椅子に身体を深く沈めて長い溜め息をついた。

——ここでいくら想像を膨らませてみたところで埒《らち》もないことだ。すべては、神のみぞ知るといったところだろう。

稀夕は席を立ち、越智啓子氏の『生命の子守歌』と、『久留米小史』の二冊の本を小脇に抱え、図書館の貸し出しコーナーに向かって歩いていった。

2

稀夕と渡瀬紀穂子の再会はほどなくやってきた。

年が開けた一月四日の火曜日、その日も夕方五時からの約一時間、稀夕は『スマッシュ・イブニング』にコメンテーターとして生出演した。

新年一発目の放送なので初夢分析をやろうという企画だった。視聴者からメールで送られてきた初夢の内容を分析してコメントするもので、占い師でも霊能者でもない稀夕は思いがけない投書の束に終始困惑したが、一般的な心理学的夢分析を披露して乗り切ることにした。

投稿の中で多かったのは、「空を飛んでいたり、空から落ちたりする夢」だった。「空を飛んでいる夢は、自由に行動したいという欲求の表れだし、空から墜落する夢は、大切な物を失ったり失敗したりすることへの不安や恐れを表している」と、稀夕はクールに説明した。

次は「火事に遭う夢」だった。これは、「恐怖や不安とともに、何らかの快感に心を奪われてうっとりする感覚を抱いている時に見る傾向があり、火は恐怖や不安の源泉を表す場合と、生命の高揚や情熱の発露と見ることもできる」といった夢分析を話してみせた。

他にも、試験の夢、爆弾の夢、セックスの夢など多岐にわたる投稿があり、稀夕は悪戦苦闘の時を過ごしたが、最後は、「我々は、どんな夢を見ようとも、その夢を通して、いろいろなことを考えて、すべてをポジティブな方向に持っていく原動力にすればいいだけのことなんですよ」と精神科医らしく締めくくった。

まったくとんでもないことをさせますよね、と番組終了後、稀夕は番組担当のプロデューサーに向かって嫌みをこめて苦笑してみせた。

「来週は、いまやサイコ・バブルと呼ばれる心の時代をテーマに、何か特集を組みたいのですが……」というディレクターとの打ち合わせを終えた午後六時三十分、稀夕はようやく帰路につこうと、番組のスタッフ数名と共にテレビ局の正面出入り口の大きなロビーに出た。

その時、紀穂子の姿が目に飛び込んできた。ロビーの壁際に置かれたスティール椅子の一つに腰かけて、紀穂子は明らかに稀夕を待っているようだった。

稀夕は目を見張った。こんなところまで彼女が押しかけてこようとは予想もしていなかった。

「先生、ご無沙汰してます」

椅子から立ち上がった紀穂子は、さっそく相好を崩して稀夕に近づいてきた。紺色のタートルネックのセーターの上に黒革のハーフコートをまとい、下半身はグレーのパンツルックにパンプスという地味な出で立ちだったが、表情は晴れ晴れとして、生き生きした雰囲気を漂わせている。

紀穂子は番組のスタッフやガードマンといった周囲の人たちの目をしっかり計算に入れていた。稀夕は、礼儀正しい知人を装った彼女の態度に安心したが、その分無視して逃げ去ることもできず、自分も親しい知人を装ってにこやかに言葉を返した。

「渡瀬さん。いったいどうしたんですか、こんなところで」

遠慮したのか、スタッフたちは口々に「お疲れさまでした」と言葉をかけて三々五々その場から散っていった。ひどく落ち着かない気分になった稀夕は、「ここじゃなんだから」と言って紀穂子を駐車場のほうにそそくさと連れ出した。

真冬の日没は早い。すっかり暗くなっていた外の駐車場を、稀夕は足早に自分の車まで歩いていった。彼女は小走りについてきた。

稀夕は「車の中で話そう」と告げて、紀穂子に助手席に乗るよう目で合図した。彼女は稀夕の言葉に素直に従った。

やや寒かったので、エンジンをかけてヒーターを入れながら、稀夕はいささかの皮肉を込めて紀穂子に話しかけた。

「僕は、熱心なファンができて幸せだって言うべきなのかな」

「ごめんなさい。こうでもしないと、また会ってはくれないと思ったから」

「で、また僕に会いに来たわけは？」

「ひとつは先日のお礼が言いたくて」

「お礼はいらないよ。騙された僕が馬鹿だっただけだから」

「そんな言い方されると、わたし悲しくなる」

「とにかく礼など必要ないよ。で、他にも何か？」

「先生、わたしの病状、あれから軽くなったの」

それまでとは表情を一変させた紀穂子が、心から嬉しそうな声をあげた。

「まさかあの前世療法が効いた、とでも？」

稀夕は怪訝な顔で尋ねた。

「そうだと思う」

「具体的にはどの症状が軽くなったの？」

稀夕は、彼女が漠然とした恐怖心にいつも怯えていて、そのために人をまったく信用できない精神状態にあること、午前十一時になると決まって後ろ首のあたりが痛くなること、また緊張すると嘔吐や下痢をきたすと訴えていたことを思い出していた。

「以前より気分がずっと楽になったし、首の痛みが軽くなって、もどしたりトイレに行ったりする回数が明らかに減ったの」

「それがすべて前世療法の成果だとでも？」

稀夕は懐疑的な面もちで尋ねた。

「間違いないわ。あれから他に治療らしいことは何も受けていないから」

彼女は自信ありげに答えた。稀夕はまだ信じられなかった。

――彼女が言うように、ほんとうに症状が改善したのならば、それはきっと前世療法が自分の病気に効果があると信じていたあまり、心理学で言うところのプラセーボ（偽薬）効果が発揮されただけなのではないか。つまり〝信じ込む〟という心理的な効能が、肉体の生理的な機能に好ましい影響を与えたと判断するべきではないのだろうか。

精神科医として、また科学者として、稀夕はそう類推した。

「でも、まだ漠然とした恐怖感や怯え、それに人に対する猜疑心が治ってないわ。だから、またお願いがあるの。先生、今夜、もう一度わたしに付き合ってくれませんか」

目を輝かせて紀穂子が言った。

「付き合うって、まさか、また退行催眠療法をしようって言うんじゃないだろうね」

「その通りよ。今夜、もう一度退行催眠をやってみたいと思ってるの。でも、今日はわたしだけじゃないの。先生自身にも前世を体験してもらいたいの」

稀夕は紀穂子の大胆な台詞《せりふ》に驚愕した。

「悪いけど遠慮しておくよ」

「……先生、またわたしに着ているものを破かせるつもり?」

紀穂子はコートの襟に手をかけた。したたかで、自信に満ちた表情がそこにはあった。

「もう勘弁してくれよ。それって完全な脅しだよ」

稀夕は語気を強めて言い返した。

「こんな卑怯なこと、わたしだってしたくない。でも、先生はまだ前世療法に懐疑的なんだし、こうするしかないでしょう」

紀穂子はコートにかけた手をゆっくり元に戻し、彼女なりに屈辱を嚙み殺したようなせつなそうな憂いを浮かべた。

稀夕は両手をハンドルにかけて考え込み、とうとう観念して、

「わかったよ。それでは、今日はなんだから、また今度お互いに都合のいい日を決めてその日にということで……」

と答えた。だが紀穂子の尖った視線を左の頰に感じた。見ると厳しい眼差しに射すくめられていた。

「今からすぐにして」

「今からすぐにと言ったって、僕にはこれから用事が……」

「ないはずよ」

紀穂子が稀夕の言葉を遮った。

「そんなことないよ。実はある人と約束が……」

稀夕は伏し目がちに続けたが、またしても紀穂子が強引に口を挟んできた。

「ないわよね」

「どうしてきみにそんなことがわかるんだ！」

稀夕は憮然とした口調で言い返した。

が、しかし、実際は紀穂子が指摘したとおりだった。

「わかるからよ」

紀穂子は平然としていた。その顔には、わたしには嘘やごまかしは通用しないわよ、と書いてあった。

「どうして……」

稀夕は不思議で仕方がなかった。なぜ彼女はそこまで自信たっぷりに断言できるのだろうか。

「わたしにはわかるの」

紀穂子が繰り返した。

――おいおい、今度は超能力が備わったとでも言いだすつもりなのか。

稀夕が黙っていると、紀穂子のほうから言葉を続けた。

「どうしてなのかはいずれ話すし、近い将来、先生にもわかる日がきっと来るわ」

それだけ言うと彼女は真っ直ぐに稀夕を見つめた。その眼差しは猫のように可愛くてコケティッシュだった。稀夕は、あらためて紀穂子の顔をしっかりと見返した。

稀夕は不思議と感傷的な気分に襲われていた。煩わしい気持ちと、宿命的な絆で結ばれてでもいるかのような曖昧《あいまい》な気持ちとが入り混じった複雑な感情だった。

「そうかいそうかい、すべてお見通しということならしかたがないか。そういうことなら、今からどこへなりともおともするよ」

稀夕はなかばあきらめ気味の口調で、ついに敗北を宣言した。

「ほんとにごめんね」

小さく頭を下げた紀穂子は、謝るというより、自分の主張が通ったことに充分満足しているという表情を浮かべた。

「でも夕食はどうするの。きみ、お腹はすいてないの」

「すいてない。それより、わたし怖いの」

「怖いって、恐怖心は軽くなったんじゃなかったっけ」

「いいえ、今まで感じていた恐怖心とはまた別の不安ができたの」

「どんな不安？」

「この前先生に導いてもらった三つの過去生の中で、わたしは、江戸時代は無実の罪で処刑され、明治時代は原因不明の病死を遂げ、そして昭和の時代では冷たい牢獄に閉じ込められて餓死させられていたことがわかった。そんなカルマがまた転生するのだとしたら、今生でもわたしは誰かに騙されて悲惨な死に方をするのではないかと考えちゃったの。だから一刻も早くなんとかしなければって思って」

「なんとかしなければばって、いったい何を？」

「わたし考えたの。もし、先生がわたしのソウルメイトなら、きっとわたしと同じ時代に先生も転生していたに違いないって。実際、戦時中、わたしが秋山美千代だった時、先生は唐沢英治という人物として同じ時代に転生していた。それなら、わたしが、古川俊英という御殿医だった江戸時代や猪俣フサ子という若妻だった明治時代にも、同じようにわたしの周りの誰かとして転生していたのではないかって……」

「なるほど、言われてみればその通りだ」

　稀夕は妙に納得した。それは実際、非常に興味深い話だった。ならば夕食はお預けでもかまわないか、と空腹感を押さえつけた。

「でも、僕がきみと同じ時代に転生していたら、どうだと言うんだい？」

「先生が、わたしのカルマを払拭してくれる何らかの力をもっと発揮できるんじゃないかって思うの。夢のお告げも、そういうことを暗示していたのではないかって」

「でも、僕がそんな力を発揮する前に、そんなに都合良くきみと同じ時代の過去生に戻れるのかな」

「それにはチャネリングという方法がきっと役に立つわ」

紀穂子がこともなげに言った。チャネリング、それは聞き慣れない言葉だった。

「チャネリングって、なに？　昔のテレビについてた回すやつのこと？」

「……それは、チャンネル。そうじゃなくってチャネリング！」

「似てない？」

「ぜんぜん……、通常、チャネリングという言葉は、宇宙や霊との交信といったことで使われることが多いの。でも、ここでいうチャネリングとはそういうものではなくって、魂と魂の対話とでも言ったらいいのかしら、そんなもっと崇高なものなの」

紀穂子の言うことはますます非現実的で神秘性を帯びてきた。

稀夕は眉をひそめた。

「よくわからないんだけど……」

「言い換えれば、魂が今一番伝えたいことがチャネリングによって現れる、ということよ。だからお互いがチャネラーになれば、情報の双方向通信が可能だと思うの」

「具体的にはどうするんだ？」

「一般的にチャネリングは、チャネラーがクライアントの手を軽く握って、そこから伝わってくるクライアントの深層意識にある感覚や感情の流れのままに自動書記や自動発声して行うの。だから先生とわたしが互いに手を握り合ったまま、二人とも催眠退行状態下でトランス状態になることができさえすれば、お互いの魂を交信させて、同じ時の流れまで遡ることができるんじゃないかしら」

「ホントにそんなふうになるのかなあ。渡瀬さんはそんなことを、これまで経験したことがあるの？」

稀夕はますます懐疑的になった。

「一度もないわ。だからわたしにもわからない。でもできるっていう確信があるの」

紀穂子の言葉には、強い信念に裏打ちされているような響きがこもっていた。

――だまされたつもりで、ここはもう一度彼女に付き合ってみるか。

稀夕は、心の奥底に眠っていた冒険心がムクムクと湧き上がってくるのを感じた。

「そこまで言うのなら、今夜もう一度だけきみに付き合おう。ただし僕にも条件がある」

「何？」

「もし今夜、きみが想像するような魂の双方向通信に失敗したら、もうこれ以上、僕を巻き込むのはやめてくれないか。この条件をきみがのめるんだったら、これからきみと一緒にどこにでも行くけどね」

「ええ、いいわ」

紀穂子は余裕のある笑顔を稀夕に見せて、しっかりとうなずいた。その顔はやはり自信に満ちあふれていた。

「それなら決まりだ。行き先はこの前と同じホテルでいいんだね」

紀穂子が無言でうなずいた。

稀夕は、ギアをドライブに入れると、サイドブレーキを解除して車を発進させた。そしてアクセルを強く踏み込んだ。

3

須崎埠頭にある八階建てのホテルの二階の一室、それは去年の十二月二十日の月曜日に紀穂子と来たのと同じ部屋だった。

紀穂子はこの部屋を強く希望した。因縁のカルマを見出せたこの部屋こそ霊的エネルギーに満ちた素晴らしいチャネリングルームなのだという。

稀夕は、車の中で、紀穂子がどうしてそんなに霊的なことに詳しいのかと訊いてみた。彼女は、昨年の秋口からヨガ瞑想学校に通って、潜在心理セラピストの研修を受けたり、主観的精神が芸術や宗教や哲学という絶対的精神に至るまでを研究する精神哲学などの勉強をしたりしていたと話した。

まだまだ未熟なのだと謙遜してはいたものの、その旺盛な探求心に、稀夕は頭が下がる思いがした。

二人は部屋に入ってコートを脱ぐと、少しの時間ソファに腰かけて、ノンアルコールの飲み物で軽く喉を潤した。稀夕は上着のジャケットも脱いで、さっそく退行催眠に入るべく、ダブルベッドの上に二人並んで横になった。

稀夕たちは、片方の手と手を軽く握り合った。

紀穂子の導きによって自己退行催眠が始まった。

彼女は、両目を閉じ、両手を左右に伸ばして身体中の筋肉をリラックスさせるよう稀夕に命じた。

紀穂子に言われるがまま、規則的な腹式呼吸を繰り返すことで、稀夕は次第にゆったりとした心持ちになっていった。隣にいる彼女の存在すら忘れてしまいそうだった。

「頭の中で、天上に輝く美しい光を思い描いて」

紀穂子の声はどこか遠くのほうから聞こえてきているような気がした。

「美しく輝く光は、あなたをもっともっと深くリラックスさせていく」

稀夕はさらに心の安らぎを深めていく。

「では、その光が、あなたの頭の上から、だんだん下の方へ、そう、顔から目、顎、首、肩、両腕、指先、背中、胸、心臓、肺、脊椎、お腹、腰、膝、脛、そしてつま先へと広がっていく様子を想像してみて。光があなたの体を完全に包み込んでいるのを感じて。まるであなたは、あなたを守る光の繭の中に包み込まれているかのようでしょう」

紀穂子のささやきに、稀夕は幸福感に満たされた。

「これから胸の中で五から一まで逆に数えてゆきましょう。一まで数え終わった時、あなたの心は、時間と空間を超越した異次元に到達します。あなたはどんなことでも思い出すことができるのよ」

夥《おびただ》しい数の美しい光の中を、稀夕はふわふわと漂っていた。

顕在意識はしっかりと保たれている。しかしもう一方で、潜在意識という別の意識を感覚的に捉えることができていた。不思議な気分だった。

「さあ、きみの世界を見せてくれ」

稀夕は、自分でも驚いたことに紀穂子に向かって無意識に言葉を発した。

光の先に白く輝く下り階段があって、何かに導かれるかのように、その階段を下りていく。すると、一つの光景が稀夕の目に飛び込んできた。

そこにあったのは、笹やぶの生える小高い丘陵地にそびえる古い日本のお城のような建造物だった。稀夕の脳裏に、それは篠山城と呼ばれるお城であるという知識が、何の前触れもないのに飛び込んできた。

その時は、何が自分の身に起こっているのかまだ信じられない思いだった。

ふと自分の足もとを見た。白い足袋《たび》をはいていた。そして体には裃《かみしも》をつけている。まさに江戸時代の武士の正装だった。

潜在意識が、自分の名前を教えてくれた。森多兵衛《もりたへえ》。三十二歳。役職は有馬藩の日付役。時は、慶応元年四月二日。

稀夕は、紀穂子の潜在意識と自分の潜在意識が、今この時、完全にシンクロナイズしていることに顕在意識で気がついた。紀穂子の言う通り、深層心理における情報の双方向通信が叶ったのだ。

稀夕は呆然としていたが、その間にもさまざまな情報が稀夕の顕在意識の中に流れ込んできていた。

突然、稀夕は、自らの意思からではなく発語した。

「私の家は古川家の近くにあって、俊英とは旧知の仲だ。それ故、私は、殿様より俊英を引き立てるよう命令を受けた。俊英は、今、私の目の前にいる。自分の屋敷の天井裏に潜んでいるのだ。私は、おとなしくお縄に就くよう俊英を説得している。私の後ろには捕手《とりて》が大勢控えている」

まるで気持ちがつながっているかのように、稀夕の言葉に呼応して紀穂子が口を開いた。

「私は怯えています。なぜなら、そのお縄に就けば、打ち首は避けられないことがわかっているからです。短刀を持って必死に抵抗しています」

紀穂子はすっかり古川俊英の時の過去生になりきっているようで、追いつめられた者の切迫した感情を言葉に乗せていた。

「今、私は、昨夜まで支配頭有馬小膳様のお屋敷にお預けの身になっていた俊英が、どうしてそこから逃げるなどという愚行を働いたのか、直接問いただしている」

またしても稀夕の魂が自動発語した。

「昨夜、とうとう出たからです」

紀穂子こと古川俊英が答えた。

「出たとは何が？」

「きよという女中の亡霊です。昨夜、きよの亡霊が私の部屋の障子の付近に立って、私に向かって言ったのです。もはやこのままにしては命がなくなるゆえ、速やかに私に従って逃げなさいと。それで私は、一目散に囲いの雪隠《せっちん》（便所）の汲み出し口から這い出して、亡霊に導かれるまま、四、五里先の堀割《ほりわり》のところまで歩きました。そのあたりで亡霊の姿が消え失せて、ふと気がつくと自宅を目前にして立っていました。それ故、しかたなくそのまま自宅の屋敷に潜んでいたのです」

「そのような世迷い言、誰が信用すると思う」

稀夕は多兵衛になりきって俊英に尋ねた。

「多兵衛殿とは旧知の仲です。あなたが信用せずして、どなたが信用してくれましょうや」

「わかり申した。拙者《せっしゃ》は信用いたす。罪科の言い渡し状において、必ず吟味いたすことを貴殿にお約束いたす」

稀夕の魂が、紀穂子の魂に向かって力強く保証を与えた。

その時、唐突に、稀夕の顕在意識が割り込んで、言葉を与えてきた。

「そもそも女中のきよとは何者だろうか？」

それに応えて、俊英になりきったままの紀穂子が自動発語した。

「古川家の屋敷には、私の妻子とともに、私の亡兄の未亡人である古川まつ、それに私の弟子たち数人が同居しておりました。そのなかに田中見龍《たなかけんりゅう》という、なかなかの美男子がおりましたが、いつしかまつはこの見龍という人物を恋い慕うようになっていたのです。ところが見龍は、早くからこの家に仕えていた女中のきよと、すでに関係ができてしまっておりました。それに気がついたまつは、嫉妬に駆られて、連日きよを激しくいじめ抜きました。たまりかねたきよは、古川家に激しい恨みを抱いて、ある夜、屋敷内の井戸に身を投じたのです。知らせを受けて駆けつけたきよの両親は、きよの遺骸に向かって、霊があるならこの恨みに報いるようにと涙ながらに語っておりました。私はその場面を隣室より立ち聞きしてしまったのです」

「なるほど、それで、きよは化けて出たのか」

稀夕が感心していると、紀穂子が先を続けた。

「ところが、それからしばらくして事件が起こりました。ある日、殿様ご寵愛の側室のお尻に腫れ物ができたとの知らせを受けた私が、治療のために膏薬《こうやく》を貼りましたが、これがまったく効かなかったどころか、かえって腫れ物を悪化させたのでございます。それで、殿様はカンカンにお怒りになり、奥詰御医師列にあった私を表医師（位の低い武士を診る医師）へと格下げになさいました。私の代わりには田中見龍が取り立てられたのでございます。それから私は屋敷に引きこもり、鬱々とした日々を送るようになりました」

「それで殿様を憎んだのだな」

「憎んだというより、側室の腫れ物がますます悪化してきていることを耳にして、もし側室の身に何かあれば、いずれ私は殿様に処刑されるような恐ろしい気になっておりました」

「やられる前にやろうと思って、殿様に竹鉄砲を発射したのか」

「違います。私はもとより医師であり、武術は習得しておりません。鉄砲など扱いきれるものではございません。ですから、私は本当に何もしてはいないのでございます。殿様の襲撃を図ったというのは、まったくの濡《ぬ》れ衣《ぎぬ》でございます。きっと誰かのはかりごとなのです」

「本当に、襲撃はしていないのだな」

「神仏にかけて嘘は申し上げておりませぬ」

「しかし、襲撃現場に落ちていた竹筒には反古紙が巻きつけてあり、我々が吟味したところ、それは古川家の女中、きよの法事の案内状の下書きだったのでござるが」

「そのようなもの、手に入れようと思えば誰にでも手に入れることはできまする」

「さようじゃのう……」

森多兵衛という稀夕の過去生には、実際、俊英は犯人ではないように思えていた。

――ならば誰なのか……。

その時突然、視界が揺れて、稀夕の意識はフーッと空間に浮かび上がった。そこは、淡い光に包まれた宇宙空間のような広々として何もない場所だった。無重力状態のように仰向けの体がただ浮遊している。霊的な白い海に漂っているような感覚が稀夕を包みこんだ。とてもおごそかな気分がしていた。

空間に一か所明るい光が見えてきた。とても眩しい、それでいて何とも優しい調和のとれた光だった。素晴らしい輝きに満ちた光が、稀夕にエネルギーを授けているような確信が持てた。

「もしかして、僕たちは、今、死んでいるの」

稀夕の顕在意識は、紀穂子に向かって問いかけた。

「ええ、次の過去生に向かう準備をしているのだと思う」

「次の過去生……」

そう思った瞬間、稀夕は白い階段を下りていた。門構えのない木造二階建ての建物が、舗装をしていない道路の周りにたくさん並んでいる光景が見えてきた。

通りを往く人々は、まるでチャップリンの映画に出てくるような風変わりな洋装の者もいれば、和装の者もいる。ちょんまげを結っている者は見当たらず、帽子をかぶっている男たちが目についた。靴とズボンを身に着けた者もいれば草履や袴を身に着けた者も多くいる。まさに和洋折衷の感があった。

「時は明治三十年、私の名前は潮見市朗《しおみいちろう》、本郷二丁目で開業している内科の医者である」

そんな知識を潜在意識が稀夕に語りかけていた。

――今度は、紀穂子の第二の過去生にシンクロナイズしているのか。

畳に敷かれた布団の中で苦しそうに横たわっている一人の若い女性が見えてきた。女性は気の毒なほどに痩せこけている。

「わたしの名前は猪俣フサ子。この家の主である猪俣栄の女房です。今、わたしは先生に診てもらっています」

紀穂子がつぶやいた。

「とても血相の悪い女性の顔が見える」

「それがわたしです。もう体調を崩して一年になります。毎日吐いてばかりいますし、頻繁に下痢もいたしております」

「私が女性の細い腕に栄養注射をうち、ご亭主に薬を渡している」

それが対症療法にすぎないことは明らかだった。

「先生、わたしの病気は何でしょうか？」

「私には、まったくわかっていない。診断ができず、途方に暮れている。自分の友人で伝染病研究所に勤めている北里柴三郎博士に近いうちに相談してみようと、今、心の中で密かに思っている」

――北里柴三郎といえば、我が国の細菌学を世界水準に高めた有名な医学者のことではないか。なんとなんと僕は前世で、あの高名な北里柴三郎と友人だったのか。

稀夕の胸は高鳴った。

「得体の知れない病気のようだから、ご亭主に入院を勧めているが、ご亭主はあまり乗り気ではなさそうだ」

「夫は若い頃、医者をめざしていたと聞いています。確か、済世学舎という、医術開業試験を受ける者のための私学塾に通っていました。でも結局は試験に合格せず、医者の道を断念して、職を転々とするうちにいつしか酒場の店主におさまったのです。医だから、入院などしなくても、多少なりとも医術の知識がある自分がきっと治してみせると夫は言うのです。そんな夫は優しくて頼りがいのある人だと、わたしは思っています。でも、一方ではまた時々何を考えているのかわからなくなって恐ろしくなるとも感じています。……それにしても夫の顔は、ほんとうに幸哉さんそっくり」

「幸哉さんとは、現世できみが付き合っている男性のことだね」

稀夕の顕在意識が、紀穂子の顕在意識に語りかけた。

「そう、わたしの彼の尾崎幸哉さん」

「今、きみが言ったフサ子さんが猪俣栄に抱いている不安な感情は、実は現世で渡瀬さんが尾崎さんに抱いている不安と同じようなものではないの？」

「……そうかもしれない」

その時稀夕の顕在意識の中に、潮見市朗としての潜在意識が強いエネルギーで働きかけてきた。

「私は、今、ご亭主の猪俣栄に心の中で疑念を抱いている。なぜなら、私は猪俣栄の前の女房、そしてそのまた前の女房が、きみと同じ症状を訴えて死んだことを記憶しているからだ。もしかしたら猪俣栄は女房に毒を盛っているのかもしれない」

稀夕は、潜在意識下の潮見市朗の心の中を覗いていた。

「ではわたしは、夫に殺されたのですか」

「わからない。まだこの時点では何も。ただご亭主にその疑いを抱いているだけだ。警察に届け出ようとも思っているが、確固たる証拠もないため、かなり迷っている」

「でも夫は何のためにわたしを？」

「きみのご実家は資産家なのか？」

「いいえ、実家は会津若松で商売をしておりまして、そこそこ裕福ではありましたが、資産家というほど富があるわけではありませんでした」

「そうだろうなあ、猪俣栄の前の女房も、そのまた前の女房も、決して資産家の娘ではなかったように記憶している。先の女房二人が死んだからと言って、猪俣栄の生活にさほどの変化もみられてはいない。やはり偶然なのだろうか。単に女房運の悪い男というだけで……」

潮見市朗が迷っていることが、稀夕には手に取るようにわかった。

「きみが死ぬ明治三十一年まで行ってみよう」

稀夕の顕在意識が紀穂子を誘うと、彼女の顕在意識が急に「吐き気がして苦しい」と言いだした。その吐き気が紀穂子自身の症状なのか、猪俣フサ子の症状なのかまではわからなかったが、稀夕は心を無にするよう紀穂子に働きかけた。

しばらくして、紀穂子の吐き気の訴えはなくなった。二人はふたたび静かに沈黙した。

稀夕の体は、いつの間にか穏やかな白っぽい空間に浮遊していた。心が平穏になっていた。

稀夕は、第二の過去生が終わったことを悟った。

猪俣フサ子が死ぬ明治三十一年にはたどり着けなかったのだ。

東の方角に、またしてもまばゆい光が見えた。あたたかい木漏れ日のような銀色の光だった。その美しさは魅力に満ち、自然と吸い込まれたい衝動に駆られた。結果、稀夕の意識は、迷うことなく輝く光の方向へと向かっていった。

すぐに白い階段が見えてきた。導かれるままに進んだ。

いかめしい門構えの豪壮な日本邸宅が視覚中枢に飛び込んできた。稀夕は門を通り、手入れの行き届いた松並木のあいだの玉砂利の敷かれた小径を玄関に向かって歩いていった。

石の敷台のある玄関にたどり着くと、「家庭教師の唐沢ですが」と、稀夕は大きな声をかけた。

「そうだ、僕の名前は唐沢英治。東京帝国大学の学生だ。時は昭和十九年の二月。僕は、一年前の昭和十八年の春、神宮外苑で行われた学徒動員の壮行会の直後に召集令状が来て、南京の戦地に赴いたが、地雷にやられ片足が不自由になってすぐさま内地に召還された。そのため、今はまた学業に戻り、縁あってこの秋山家の一人娘の家庭教師をしている。絣《かすり》の着物にモンペをはいた馴染みの女中が、奥の廊下を走るようにして玄関口に出てきた。白封筒を僕に手渡した。この家の奥様から僕に宛てた手紙だった。さっそく中の手紙を取り出して読んだ。そこには、僕が教えている百合子嬢が何者かによって誘拐されたこと、身代金を持って一人で箱根の強羅《ごうら》にある犯人が指定してきた山荘に行くことなどがしなやかな筆文字で書かれていた。山荘の地図の写しも同封してあった。奥様が助けを求めてきているに違いないと思った僕は、急いでそこから飛び出した」

「ああ、唐沢先生、早く助けに来てください」

紀穂子がせつなそうな声を出した。それが、子爵秋山孝之助の奥方である秋山美千代の潜在意識であることが、稀夕には考える必要もなくわかった。

「奥様、今どこにいらっしゃるのです？」

稀夕の潜在意識の唐沢英治が、秋山美千代に向かって問いかけた。

突然、稀夕の目の前に、丸木を組んで建てた真新しそうな山小屋が飛び込んできた。あたりは鬱蒼《うっそう》とした茂みと森で、近くに人家らしいものは見当たらない。人里離れた一軒家のようだ。

「地下室です」

実際には聞こえるはずのない声が、稀夕の脳裏に届いてきた。

「今すぐ行きますからね」

稀夕は、すぐにそう答えた。

山小屋の入り口には南京錠がかかっていた。稀夕は、念のためと用意してきた金槌《かなづち》で南京錠を壊して小屋の中に入った。

部屋の片端に、地下へと続くと思われる扉があった。重い鉄の扉だった。そこにも錠前がかけてあった。稀夕がその錠前を壊そうと金槌を振り上げた時、鈍い衝撃が後頭部に走った。稀夕は気絶した。

「唐沢先生！」

名前を呼ぶ秋山夫人の声で、稀夕は目を覚ました。後頭部にはまだ鈍い痛みが残っている。

気がつくとそこは真っ暗な牢獄のような場所だった。四畳ほどの広さの牢獄は三方を土塀で固められ、一方には鉄格子がはめてあった。稀夕は、鉄格子にしがみつくと叫んだ。

「奥様、どこにいらっしゃるのですか？」

「あなたの隣の牢です」

秋山夫人は、土塀で仕切られた隣の牢獄に監禁されていた。

「どうしてこんなことに？」

「ごめんなさい。まったく無関係の先生までこんなひどい目に遭わせてしまって」

秋山美千代は嗚咽《おえつ》の混じった声でそう答えた。

「それより百合子さんはどうなったのですか」

「わかりません。あたくしがここに来てみたら、いきなり中年の男が二人現れて、無理やりあたくしをこの地下牢に閉じ込めて立ち去ってしまったのです」

「僕の頭を殴りつけたのもそいつらの仕業でしょうね」

「まあ、頭を殴られたのですか。お可哀想に……」

「とにかくここから逃げないと」

「無理です。こんなに頑丈な牢屋から逃げ出すなんてこと……」

稀夕は金槌を探してみたが、むろんそれは剝奪されていた。土塀をたたいたり、ひっかいたり、鉄格子を力任せに引いたり、押したり、考えられることはそれこそすべて試してみた。しかし、何時間にも及ぶ努力はすべて徒労に終わった。稀夕の心を、絶望と恐怖が支配した。

「奥様、もう駄目です。どうやってもここからは逃げられません」

「……ごめんなさい。先生にはなんとお詫び申し上げたらよいか」

「何をおっしゃるのですか、奥様。僕は、戦地で一度は死んだに等しい男です。ここで奥様と死ねるなら本望です」

その時、稀夕の手の指先に秋山夫人の柔らかくてみずみずしい肌の感触が蘇り、甘い官能的な香りが嗅覚の中枢を刺激したかと思ったら、いきなり男の絶頂時の快感と、何ものにも代え難い幸福感がこみ上げてきた。

——そうか、唐沢英治は秋山美千代と関係していたのか。

稀夕の顕在意識がそのことを悟った。

「せんせい、さ、よ、な、ら……」

突然、紀穂子が、切れ切れの苦悶に満ちた声をあげた。次の瞬間、稀夕の潜在意識は秋山美千代が逝ったことを悟った。

それから唐沢英治の地獄が始まった。耐え難い空腹感、さまざまな臭気が充満する狭い牢獄への嫌悪感、秋山夫人が亡くなったことでただ一人暗闇の中に閉じ込められてしまった孤独感、身を切られるような真冬の寒さ、それらがいっせいに襲いかかってきた。いかに健全な精神力と若い肉体をもってしても、こういう状況で何日も体がもつはずはない。

やがて稀夕は、体の芯がカーッと熱くなるのを感じた。その時、稀夕は、唐沢がついに逝ったのだと悟った。

刹那、すべての緊張感から解放された。稀夕の魂は唐沢の身体から遊離し、すーっと上空に浮かんでから、眩しくも素晴らしい光のほうへとまたしても引き寄せられていった。

そこには、苦痛も恐怖も動揺も混乱も、もう何もなかった。ただ、安らかな平安とおごそかな沈黙に満ちていた。

どれほどの時が流れたのか、稀夕がそんな静寂と安静の世界に漂っていると、

「先生、そろそろ戻りましょうか」

紀穂子の柔らかい声が、遠くのほうから聞こえてきた。

「そうしよう」

稀夕は素直な気持ちで答えた。

「五、四、三、二、一」

二人は一緒に呟き、ほぼ同時に目を覚ました。

「どんな気分？」

紀穂子が、稀夕を優しく見つめながら尋ねてきた。

「不思議な気分だ」

「そうでしょう」

「でも、とてもすっきりとしていて、いい気持ちだ」

「わたしも……」

稀夕は、この上ない爽快感を感じていた。長年の恐怖から解放されたかのような幸せな気分を満喫していた。

肉体は滅びても、魂は次の生を生きていく。死は決して恐れるものではない。過去生返りの体験が、稀夕にそのことを教えてくれたのだと感じた。

「紀穂子さん、今、話していたこと、ぜんぶ憶えてる？」

「うん、憶えてる」

「僕もだ。三つの過去生のことをはっきりと憶えている。見たもの、聞いたもの、そして匂いまでもがとても生々しくて鮮明だった。まるで本当に体験しているようだった」

それは決して嘘でも誇張でもなかった。実際、自分が時を超えて、タイム・トリップでもしていたような感覚だった。

「わたしも先生と同じ……。素晴らしい体験だった。でも、双方向のチャネリング、成功してよかったわ」

紀穂子が、安堵の笑みを浮かべてつぶやいた。

「ああ、きみの言うとおりだった」

「先生、わたしの言うことを信用してくれてありがとう」

「いや、本当は、心から信用していたわけじゃないんだ。きみに謝らないといけないね」

稀夕は面映《おもは》ゆいというか後ろめたいというか、そんな気まずい感じがしていた。なかなか彼女の言うことを信用せず、最後まで彼女を病人扱いしていた自分が恥ずかしかった。

「謝るだなんて、そんな……。わたしのほうこそ、変な脅迫なんかして、先生を無理に引きずり込んだりしてホントにごめんなさい」

「いや、ああでもしてくれなきゃ、僕はこんなすごい経験はできなかった。あれって、心理学では、『カチッサー効果』っていうんだよね」

「何ですか、それ？」

「人が、ある理由付けによって、ある行動を起こしてしまう心理現象のことだよ。たとえば、恋人をデートに誘う時、単に『デートに行かない？』って誘うより、『あの公園のイルミネーションがとても綺麗だから、週末デートに行かない？』というように何らかの理由をつけてみると成功率がぐっと上がるみたいなものだよ。僕がレイプ犯だと誤解されないため、という理由付けをしてくれたからだよ」

「そうなの、ぜんぜん知らなかった……」

「知らなくてもいいよ。とにかく、きみの勇気と行動力に心から感謝するよ」

稀夕は、胸の内にあふれる感動の洪水に浸りながらそう告げた。

「先生とは、やっぱりソウルメイトだったのね。強い因縁で結ばれている」

「特に昭和十九年の前世ではね」

稀夕がそう告げると、紀穂子がぽっと頬を赤らめた。彼女にも、稀夕が口にした言葉の意味が理解できたのだろう。

稀夕は、ゆっくりと細い頤《おとがい》を引いてみせた。

ややあって、紀穂子が、

「でも、あの前世は、先生にとってつらいものでした」

と溜め息をついた。

「確かに終焉は強烈に悲惨だったね。……待てよ？」

素直にうなずいた稀夕だったが、その瞬間思いがけない予感が脳裏に閃き、握り続けていた紀穂子の手を振りほどいていきなり上半身を起こした。

「紀穂子さん、話していなかったが、実は僕は閉所恐怖症なんだ」

「えっ、そうなんですか」

紀穂子もゆっくりと上体を起こし、稀夕のほうを見て目を丸くした。

「エレベーターにも乗れないんだ」

「それで、このホテルでも二階のこの部屋を選んだのね」

紀穂子は、前回ここを訪れた時、稀夕がこの二階の部屋を躊躇なく選んだことを思い出したようだった。

「そう、階段で行けるようにね。エレベーターとか地下鉄とか、そんな閉じ込められた狭い空間がどうにも苦手なんだ。でも、もしも僕の閉所恐怖症が、昭和十九年の前世において、狭い地下牢に閉じ込められたつらい人生の最期に根ざしているなら、それに気がついたことで、もしかすると治ったりするのかもしれない」

稀夕は、読みかじった前世療法の知識や紀穂子との体験をもとに、そんな期待をしていた。

「その可能性はあると思います。じゃあ、試しに帰りはエレベーターを使ってみましょう」

紀穂子が目をキラキラ輝かせて笑顔を送ってきた。

「そうしよう」

部屋を出て、二階から一階まではエレベーターを使った。乗り込む際には長年の不安感が頭をもたげたが、実際に乗り込んでみると感覚がまるで違っていた。ただ意識上に表層的に不安が生じるというだけで、心の奥底から湧き上がってくる重苦しさも何もなかった。ほんの一階分では実感も薄かったが、長年の閉所恐怖症から解放されるかもしれないと思うと、稀夕は内心、ワクワクしていた。

この夜の双方向チャネリングという未知の体験は、稀夕の中の常識の殻を蹴破り、科学のみを信奉する脳の回路をものの見事に粉砕していた。

第三章　因　果

1

　翌日、病院に出勤した稀夕は、五階にある院長室まで、思い切ってエレベーターを使ってみた。かつてしぶとく身についていた閉所恐怖症の症状は何も出なかった。ちょうど乗り合わせた医局秘書の北野志保が、眼鏡の奥の大きな目をさらに大きく見開いて稀夕を見つめた。

「先生、どうかしたんですか」

　北野は、稀夕が閉所恐怖症であることを日頃からよく知っていた。

「治ったんだよ」

　稀夕は北野に向かってにっこりと微笑み返した。

　前世療法の効用を、稀夕は自分自身で大いに感じ取っていた。これまで稀夕は、自分と同様の閉所恐怖症の患者に抗不安薬を処方しながら、あえて困難な事象に立ち向かうよう勧める行動療法（専門的には曝露《ばくろ》療法と呼ぶ）を押し進めてきた。実際、それなりに症状を軽減させることはできたのだが、自分さえ克服できないことを患者に勧めることに無理を感じていた。太った医者が患者に痩せるよう指導するような居心地の悪さがあった。

――これでやっと、五階まで階段で昇らなくてもよくなるのか。今まで使えなかった高層ビルや高層タワーにも昇れる。

そう思うとつい嬉しくなって、顔の筋肉が緩んでしまった。

「どうして治ったんですか？」

北野が不思議そうな顔をして訊いてきた。

「前世療法だよ」

「前世って、来世の反対のあの前世のことですか？」

北野は怪訝そうな顔をした。当然の反応だろうと稀夕は思った。

「そうなんだよ。自分の過去生のカルマを顕在意識に思い起こすことで、症状が改善するんだ」

でも、本当にそれだけのことなのだろうか？　稀夕はあの後、家に帰り着いてから他の可能性もあるのではないかと考えた。たとえば、霊的な体験そのものが何らかの強いエネルギーを与えてくれたとか……。そうでなければ、稀夕と同様に現在の症状と関係ありそうなカルマを思い出しているのに、紀穂子の症状がすべて改善したわけではないことの説明がつかない。

「カルマ？」

北野は、最初にその言葉を耳にした時の稀夕とまったく同じ反応を示した。

「カルマとは、過去生における自分、あるいは他人に対する借り、すなわち業とか因果とかいうものだよ」

稀夕は紀穂子の受け売りをした。

「先生、ちょっとお疲れになっているのではありませんか？」

北野が、真剣な面持ちで心配そうに見つめる。稀夕の話をまるで信じてはいない様子だ。

冗談じゃない。僕は疲れてなんかないよ、と言ってやりたかったが、朝っぱらから、何の前知識もない北野に、紀穂子との一連の出来事を説明し理解してもらおうとは思わなかった。

「ああ確かに、つかれてると言えば憑かれてる」

稀夕は、そんなギャグでその場をごまかすと、作り笑いを浮かべてエレベーターを降りた。北野には、それがギャクであることも分からなかったようだが……。

「先生、今日は博多銀行の支店長と次長が二時にお見えになります。それに川村記念病院での現地診察が三時に組み込まれていますけど、車の手配はどうされますか」

稀夕の後からエレベーターを降りた北野がスケジュールを確認してきた。

「川村記念病院は近いし、よく知ってるから自分の車で行くよ。二時四十五分に出れば充分間に合うし。あっ、それに西日本製薬の支店長が二時半に来ると思うよ」

稀夕は北野に何気なく伝えた。

「えっ、それについて何も伺っていませんが……」

「ああ……昨日僕のほうに直接電話があったんだよ。年始の挨拶にお邪魔したいって」

「そうでしたか……」

北野が不審がったのも無理はない。そのような電話は実は入ってはいなかった。奇妙なことに、そんな予感が稀夕の脳裏に強く働いただけだった。

昨晩帰宅してから気づいたのだが、稀夕は何か予知能力というか、霊感みたいなものを意識するようになっていた。これから起こることが不意に頭の中に湧いてくる感覚があった。勘が冴えるようになったと言い替えてもいいかもしれない。稀夕はアポなしでの支店長の来訪を心の中で確信していた。まったく不思議なことだった。

そういえば、昨夜稀夕のスケジュールなど知るはずもない紀穂子が、実は何の予定も入っていないことをきっぱりと断言した。その時の稀夕には不思議で仕方がなかったが、あの時すでに紀穂子もこうした感覚が働いていたのだろう。

「大丈夫だよ。スケジュール通りにうまくこなせるから」

稀夕は、北野にそう告げながら、院長室に向かって足を進めていった。いささか無理のある分刻みのスケジュールも、難なくこなせるという強い確信が心の中に湧いていた。

病院の幹部が一堂に会する朝の申し送り会議を終えた稀夕は、外来診察へと向かう前のわずかばかりの時間に二つのことを思案した。

一つ目は、前世療法を具体的に臨床応用することだった。

過去生への旅で、自分が狭い牢獄に監禁されて悲惨な最期を迎えたと知ったことで、三十三歳の今に至るまで悩まされ続けてきた閉所恐怖症が見違えるほどに改善した。つまりは同様に、対人恐怖、赤面恐怖、視線恐怖、高所恐怖、広場恐怖、乗物恐怖、先端恐怖といったさまざまな恐怖症、あるいはその他の不安障害領域の多くの疾患の患者の治療に、前世療法は顕著な効果があるのではないかと思えた。それなら、この病院でも前世療法を治療手段の一つとして積極的に取り入れてみてはどうだろうか。

とはいえ、他の病院スタッフにどう言ったら理解してもらえるか。「そんな胡散臭いものには手を染めないほうがいい」という常識を振りかざして強く抵抗するに違いない。

二つ目は、稀夕の閉所恐怖症が治ったのが本当に前世療法の効能だとするなら、同様の体験をした渡瀬紀穂子の漠然とした恐怖心や怯えがとれないのはなぜだろうか、という疑念だった。

紀穂子の夢のお告げでは、彼女が背負っている三つの過去生のカルマを癒せるのは稀夕だけだということだった。稀夕が何らかの方法でその三つのカルマをすべて癒さなければならないのか。

稀夕は自分を、おぼれる人を助けるために、途方も知れない荒波に向かって無闇に漕ぎ出した一艘の小舟のようだと思った。

昼休みの午後一時三十分、稀夕は副院長の国吉《くによし》を院長室に呼んだ。長身の国吉が、稀夕の正面のソファに脚を組んで腰かけた。

国吉は五十五歳、稀夕の父親の片腕ともいうべき優秀な男で、高い判断力と行動力を備え、年若き院長の稀夕にとってはこの副院長こそが頼りだった。国吉も稀夕を、息子とはいかないまでも甥《おい》のように可愛がり、一人前の院長に育てようと常に目と心を配っていた。

そんな国吉副院長に、稀夕は前世療法のことを伝え、治療に導入してみるというのはどうだろうか、と相談してみた。渡瀬紀穂子とのことは伏せておいた。

案の定、国吉は銀縁眼鏡の奥の理知的な目を曇らせた。

「院長、まさか本気でそんなことを？」

反応は稀夕が予想したとおりだった。国吉は、口もとに嘲笑めいた笑いを浮かべている。

「もちろん、僕は本気だよ」

稀夕が大きくうなずくと、一瞬の間ののち、国吉は大きな笑い声を立てた。

「冗談じゃない。そんなこと、あるわけないじゃないですか」

「それがそうでもないらしいんだ。アメリカでは、前世療法を臨床に取り入れている精神科医がかなりいるし、日本でも沖縄の女医さんがすでに頑張っているらしい」

ついでに紀穂子との一連の体験を告白したい衝動にも駆られたが、それはすんでのところで喉の奥に押しとどめた。

「アメリカは何でもありの国ですからね。でも、日本のお堅い医学界の体質は、そういう非科学的なことを絶対に受け入れようとはしないし、そういう柔軟な土壌はまるで育っちゃいませんよ」

「それでも僕は、患者さんのためになることなら、何でも取り入れてやってみたいんだ」

稀夕は自分の臨床にかける熱意を伝えたかった。国吉が真顔に戻って答えた。

「院長、それはとんでもないことです。あそこの病院に行ったら得体の知れない前世のことを取り沙汰されるってことが噂になってすぐに広まるでしょうし、そういうことに拒絶反応を示す人のほうが、まだこの国は圧倒的に多いですからね。きっと患者が減りますよ」

「僕はこれこそがホリスティック医学の実践だと思うんだが」

ホリスティック医学とは、人間の病気を心と体の連関の中でとらえようとする、より東洋的な医学のことである。これに対し、日本の医学が近年傾倒し続けてきた西洋医学は、心と体をまったく別のものとして切り離して考えている。

「ホリスティック医学の考えそのものは大事だと思いますよ。でも、だからってすぐに前世療法ではないでしょう。我々が普段行っている心身医学的な薬物療法やカウンセリング療法だって、立派なホリスティック医学ですよ」

「でも、そこには限界があるじゃないか。僕は何が何でも前世療法を使って治療すると言っているわけじゃないんだ。いくら薬物療法やカウンセリング療法を施行しても、どうしても埋まらない溝的なところに前世療法を適応してみたら……と言っているんだ」

稀夕は必死に食い下がった。若いとは言っても、もう院長の職に就いて一年経つ。「病院がいかにあるべきか」くらいのことはわかっている。父の病院グループを背負って立つほどにはなれなくても、この精神科病院くらいは日本中の患者を救えるような超一流の素晴らしい病院にしたい。稀夕にも自分なりの理想があった。

「院長、わたしだって、超常現象のすべてを否定するわけではありませんよ。実際、自分も非常に鮮明なデジャヴュ現象を体験したことはありますからね。ただ、とても心配なのは、こんな例が実際にあることです——以前、オーリング療法を臨床に取り入れて一大センセーションを引き起こした病院がありましたよね」

オーリング療法の話は、稀夕も聞いたことがあった。患者の右手の親指と人差し指で力を入れたリングを作り、左手で同じようなリングを作って、そのリング同士を交差させた状態で体の各部に針金のような物を突き立てておいて、リング同士を指の接合点に力を込めて引っ張り合わせる。もし、胃のあたりに針金があって、その時リングが解けたら、その人は胃が悪く、肝臓のあたりに針金があって、その時リングがはずれたらその人は肝臓が悪い。そんなふうに診断する。まったく非科学的な診断法で、にわかには信じがたいことだが、これが意外に的中する。同様の手法でその人に合う薬さえも決められるという。稀夕の知る範囲では、オーリング療法とはそんなものだった。

国吉副院長が話を続けた。

「その病院は、確かにオーリング療法を信じる人が全国から集まって、患者さんは増えたそうです。でも、その代わりに、より一般的な医療を求める患者さんの数は減ったそうです。もし前世療法をこの病院で取り入れたら、その病院と同じようになると思います。信じる人は増えて、信じない人は減っていくということです。それに保険適用のない前世療法ではあまり収入になりません。病院の収支がどうなるか、結論は予想できるはずです」

なかなか厳しい指摘だった。「治療法の一つのメニューとして前世療法を用意しておく」、言い換えれば「都合のいい時だけ前世療法を使う」という理屈は世間には通用しない、と国吉は言いたいのだろう。この病院が前世療法をするといったら、薬やカウンセリングは使わないのだろうと一般の患者からは思われてしまう――。

「わかったよ。どうもまだ時期尚早みたいだね」

稀夕は、潔く白旗を上げた。

「院長、自分だって精神科医として前世療法にまったく興味がないわけではありません。逆にとても興味深い世界だと思います。でも、病院の経営のことを考えたら、今の時代、まだそんな冒険はすべきではないと主張しているのです。わかってもらえますか」

「ありがとう。僕はまだ、考えが及ばない若造だってことだね……」

「従業員百三十名、家族も合わせたらざっと五百名近くの生活を守る義務が我々にはあるんですよ、院長」

　国吉が稀夕を見すえてキッパリと言った。稀夕は深くうなずくしかなかった。

　午後三時過ぎ、稀夕は自分の病院から車で十五分程度の場所にある川村記念病院という精神科の病院に現地診察医として赴いた。

　現地診察とは、患者を措置入院として継続処遇にするのか、措置を解除して、医療保護入院もしくは任意入院に切り替えるのかを判定する診察のことを指す。

　川村記念病院の院長や事務長と応接室で歓談した後、外来の診察室に通された。稀夕の後方のスティール椅子には行政の職員二名が陣取っている。これから措置診察を行うことになる。

　やがて一人の男性患者が、屈強そうな二人の男性看護師に付き添われて入室してきた。一メートル九十センチはあろう大男だ。首が太く、服の上からでもかなりの筋肉が見て取れた。オールバックの頭髪、絶壁のように切り立った額、頰骨が尖って顎がしゃくれ、ボクサーのように鼻梁がつぶれている。だがくぼんだ目の奥の瞳は綺麗に澄んでいた。

　名前は大垣啓治《おおがきけいじ》、年齢は二十九歳。四人きょうだいの四番目の三男として出生。幼い頃母親が蒸発し、その直後父親も肺炎で急逝したことから、父方の祖父母に育てられた。地元の県立高校を卒業後、国立大学経済学部を二年の留年を経てやっと卒業し、東京に出て大手スーパーに就職したが、人間関係がうまくいかずに退職。音響メーカーに転職したが、同様の理由で退職。仕方なくアルバイトをしていたパチンコ店も解雇され、三年前、糸島市の郊外にある実家に帰省してからは定職にも就かず家でブラブラして過ごしていた。

祖父母によると、高校の頃から独り言を言ったり、唐突にニヤニヤしたりするようなことがあったが、学校の成績はまずまずだったので病気だとは思わなかったとのことだった。

東京から帰ってきた時、何日間も一言もしゃべらずふさぎ込んでいたかと思えば、急に苛立って大声を出して暴れだすなどの奇異な言動をして、手を焼いた祖父母が、福岡市内の精神科のクリニックに連れていったところ、統合失調症と診断され、薬を飲むように指示された。薬を飲んでいる間、穏やかに生活していたが、自分の部屋に閉じこもって一日中「ボーボワールに関する哲学的研究」と称して支離滅裂な書き物をしたり、女の子の人形に釘を刺したりするなどの不気味な行動をとっていた。そのうち、「自分は病気じゃない」と言ってまったく薬を飲まなくなった。

一昨年の六月、夜の中洲の街で突然通行人の女性数名をナイフで斬りつけ、駆けつけた警察官に逮捕された。『女が地球を破壊する。俺が新しい女を作る。女はみんな自分に最敬礼しなくてはいけない』など意味不明のことを口走ったため、緊急措置鑑定が施行され、この病院に措置入院となっていた。

入院後は急速に症状が改善し、退院。退院後、一か月ちょっとは外来通院を続けていたが、その後中断。昨年の三月には年老いた祖父母に暴力をはたらき、祖父には肋骨を何本も折る重傷を、祖母には頭部と手足に外傷を負わせたため、近所の人から知らせを受けた警察に保護され、措置鑑定の結果、二度目の措置入院になっていた。いわゆる触法精神障害者である。

稀夕は大男の患者の診察を開始した。病歴から受ける印象とは裏腹に、大男は柔和な表情をつくると、へりくだった態度で稀夕の診察に応じてきた。意外だった。訊かれたことにはスムーズに答えるし、その内容に妄想めいた話は何も含まれてはいない。いくらか冗長で話がくどい傾向があったくらいだった。

幻聴などの異常体験や独言、空笑などの存在もすでに否定的で、病棟生活でも不穏行動や興奮を呈することなく穏便な毎日を過ごせていた。自分が病気であるという自覚、すなわち病識もあり、外来通院せず自分勝手に薬を飲むのをやめたことで祖父母に迷惑をかけたと反省の言葉も口にした。ボーボワールの研究のこと、女の子の人形を釘で刺したことなどを話題にしても、自分はおかしかったですね、と一笑にふすだけの余裕も見せた。

よくなっている。それが稀夕の率直な感想だった。

結局、『精神医学的に自傷他害の恐れは消失しており、措置解除可能』という見解を現地診察医意見書欄に記入した。しかしまた、備考欄には『措置解除後退院になれば、いずれまた服薬を中断して、衝動的な暴力行為や犯罪行為に及ぶ危険性は十分に予想できる』という一文を追記しておいた。それは稀夕の真意であり危惧でもあった。しかしまた、その追記文があまり意味を持たないことも稀夕は知っていた。

このように寛解――精神科では治癒という言葉を使わず、病状が落ち着いたと判断がついた時にこの言葉を使う――状態に至った患者を病院は長くは入院させない。患者がいくら重大な傷害事件を犯していても、それはまったく関係がなく、あくまでも医学的な判断だけが優先されるからである。

稀夕は、大垣啓治という患者の退院後のことが心配でならなかった。

2

川村記念病院を後にして、自分の病院に少しだけ立ち寄った稀夕は、一人暮らしのマンションに帰宅してから夕食を手早く済ませた。３ＬＤＫの室内には、リビングと寝室と書斎をかまえていたが、入浴もさっさとすませると、すぐに書斎の方にこもった。

書斎は独身男の部屋らしく、散らかり放題だったが、稀夕は何がどこにあるのか、しっかり把握できていた。壁の一面にはベイスターズのカレンダーが掛けてあるが、その他の壁は木目で設《しつら》えた大きな本棚の中に専門書や好きな小説の類が詰め込まれていた。

すぐに、手前の壁際にあるデスクトップのパソコンの前に座った。

そのパソコンには、渡瀬紀穂子と別れて帰宅してから、できるだけ記憶が鮮明なうちにと思って、自分が体験した過去生へのトリップを思い起こしながら記載したファイルが入っていた。

《第一の過去生》森多兵衛、役職は有馬藩の目付役。

古川俊英とは家が近いため旧知の仲。

慶応元年（一八六五年）四月二日に三十二歳。

屋敷の天井裏に潜んでいる古川俊英を引き立てるため、短刀を持って抵抗する俊英を、捕手を大勢控えて説得していた。

それまで支配頭有馬小膳の屋敷にお預けの身になっていた古川俊英は、四月一日の夜、きよという女中の亡霊によって逃走をそそのかされ、四、五里迷走して結局、堀割の前にある自宅に戻っていた。

亡霊の言葉「もはやこのままにしては命が亡くなるゆえ、速やかにきよに従って逃げなさい」

亡霊は、おそらく俊英の幻覚であろう。きよの怨念を恐れるあまり、被害的な色彩を帯びた幻聴、幻視症状を起こしたと考えられる。

女中きよ…田中見龍という俊英の弟子と肉体関係あり。そのことが原因で、俊英の亡兄の未亡人であるまつにいじめを受け、古川家を恨みながら井戸に投身自殺した。

田中見龍…殿様の側室のお尻の腫れ物に対する誤診と処置のミスによって格下げになった俊英の代わりに取り立てられた。要するに一番得をした人物。

殿様竹鉄砲発射事件…腫れ物の事件後、蟄居《ちっきょ》するようになった俊英は、殿様に被害妄想を抱いていた。それが発射事件の動機か？　しかし、俊英自身は自分は無実であり、誰かが画策したのだと主張している。

俊英を下手人とする証拠…襲撃現場に落ちていた竹筒に巻き付けられていた反古紙。それには、古川家の女中きよの法事の案内状の下書きが書かれてあった。俊英によれば、古川家の者なら誰でも手に入るものだとのこと。

古川俊英は五月二十九日午の刻、二つ橋の刑場で斬首の上さらし首にされた。午の刻とは、午前十一時のこと。

↓

これは、紀穂子の午前十一時の後頭部痛と符合する。（驚き！）

そこまで読んでから稀夕は、図書館から借りてきていた『久留米小史』という本に目を通してみた。そうすると、経験したことと本の記載の内容にいささかの相違があることに気がついた。

『久留米小史』によると、奥詰御医師列をはずされた俊英が家に引きこもり鬱々としていたところ、ある夜、井戸に投身した女中きよの亡霊が姿を現し、『あなたの身柄は甚だ危うい。如何なる方法でもいいから、早く殿様を殺せ』と繰り返してやまなかった、そして俊英がその気になったと見るや亡霊の姿は消え失せ、これより俊英はその機会を窺うようになった、とあった。

渡瀬紀穂子の前世である俊英は、そのような事実があったことはいっさい口にしてはいなかった。紀穂子が口に出したきよの幽霊の出現は、俊英が有馬小膳邸にお預かりになっていた時だった。『久留米小史』においては、それよりもっと前に俊英は幽霊を見ていたことになる。

この食い違いは、どういうことなのか……。紀穂子の前世の潜在意識がそのことを忘れていただけなのか。それとも実際は、幽霊は一度しか出現していなかったのか。

そもそも幽霊は本当に俊英の幻覚症状なのか。あるいは誰かの謀略なのか。

そんな疑念が、稀夕の胸中にくすぶった。

一呼吸おいてから、稀夕は次の前世に関するメモに目を通した。

《第二の過去生》潮見市朗、東京の本郷二丁目の開業医。友人に北里柴三郎がいる。明治三十年（一八九七年）、紀穂子の前世である猪俣フサ子を病床で診察する。

猪俣フサ子…福島県の会津若松の商家の出身。旧姓は坪内、そここそ裕福ではあるが決して資産家の娘ではない。明治二十九年、猪俣栄に嫁ぐ。結婚前までは健康で元気そのものだったが、結婚してから急に体調を崩す。毎日嘔吐と下痢を繰り返す。

←

これもまた紀穂子を現在苦しめている症状と符合する。（驚き！）

何人もの医者が診たが、診断がつかなかった。一度だけ入院し、少しは良くなるが、退院して三日後、ひどい吐き気と苦しみに襲われ衰弱死する（明治三十一年一月）。

猪俣栄…東京の本郷にある酒場の店主、フサ子よりかなり年上。済世学舎という医術開業試験を受ける者のための私学塾に通い、医者をめざしたが合格せず、医者としての将来を断念した過去がある。フサ子が病院を退院してから、それまでの優しい態度を変え、何度も暴力をふるう。フサ子から、時々何を考えているのかわからなくなって恐ろしくなると思われている。紀穂子さんが、現在付き合っている尾崎幸哉という男性の前世だと彼女は言う。

そこまで目を通すと、稀夕の前世だった潮見市朗が「猪俣栄が女房に毒を盛っているのかもしれない」との強い疑惑を抱いていたことを思い出した。なぜなら猪俣栄の先妻、先々妻の両名が、フサ子と同じ症状を訴えて死んだことを記憶していたからだった。

多少とも医学の心得があった猪俣栄なら、毒物の知識もあったことが容易に想像できる。したがって猪俣栄という人物が三人の女房を毒殺した疑いは限りなく強いが、動機がまったくの謎だった。三人の女房ともさして資産があるわけでもなく、また、この明治の時代に生命保険などあったとしても普及していなかっただろう。猪俣栄を金銭目当ての連続殺人犯だと決めつけるのは安直に過ぎると考えられた。

限りなく黒に近い猪俣栄が連続殺人犯であるという確証をつかむには、フサ子が死ぬ時点までもう一度シンクロチャネリングをやってみるしかないのではないか。稀夕はそんな結論に達していた。

稀夕は疲れていたが、もう一つの過去生も振り返ってみることにした。この過去生はあまり思い出したくないものだったが……。


《第三の過去生》唐沢英治。東京帝国大学の学生。

昭和十八年、戦地に赴いたが、地雷にやられ片足が不自由になって内地に召還される。

子爵の秋山家の一人娘百合子嬢の家庭教師。

昭和十九年初頭、牢獄内で餓死。

秋山美千代…子爵秋山孝之助の妻。三十三歳の時、地下牢に閉じ込められ餓死。唐沢英治は秋山美千代と不倫の関係にあった。

秋山百合子…十三歳、誘拐されその後の消息不明。
秋山孝之助…子爵というだけで他に情報なし。
年輩の運転手…秋山美千代を箱根の山中まで車で運ぶが、その後の消息は不明。
馴染みの女中…絣の着物にモンペをはいていた。

昭和十九年の二月、百合子嬢が何者かに誘拐される事件が起こる。犯人は、百合子の母親である美千代に、身代金を持って一人で箱根の強羅にある山荘に来いと指示してきた。唐沢は秋山美千代を助けに山小屋に行くが、地下室に続く扉を開けようとしたところを何者かによって後頭部に一撃を食らい気絶。秋山美千代の隣の狭い地下牢に監禁される。
犯人の情報：二人の中年男。

第三の過去生に関してはこれくらいの情報しか得られていなかった。
第一、第二の過去生とは異なり、この過去生では、稀夕の過去牛の唐沢英治も、紀穂子の過去生である秋山美千代のあとを追うように他界してしまっている。したがって、いくら過去生をたどっていったとしても、唐沢英治と秋山美千代を悲惨な死に至らしめた犯人のことを追及する術はないようだ。秋山百合子がその後どうなったのかを知るよしもない。

――待てよ。百合子が昭和十九年に十三歳だったのなら、百合子が生まれた年は昭和六年ということになる。もしまだ生きているとしたら、八十代後半だ。秋山百合子の消息を探すという手はあるな。

そんな途方もないことを考えついた稀夕は、大きく息をついてノートを閉じた。

3

翌週の一月十日の月曜日、いつものように『スマッシュ・イブニング』の出演を終えた稀夕は、テレビ局の報道部の記者である中条正人という青年に声をかけられた。

いわゆる「立春の日殺人事件」――二月四日の立春の日に、二年続けて福岡市内の同じホテルで起こった殺人事件について、昨年の十二月二十日の月曜日の報道特集コーナーに稀夕と一緒に出演した記者だ。

もし、時間があれば一緒に飲みませんかという誘いだった。その夜、特に用事もなかった稀夕は快諾した。

稀夕は、車を放送局の駐車場に停めておく許可を得て、中条と一緒にタクシーに乗り込み、中洲の街へと繰り出した。目指したのは、稀夕が先輩医師に教わってよく使うようになった『こけし』という名の小料理屋だ。

「あら、いらっしゃい、小此木先生。今日もテレビ観たわよ」

以前は中洲の一流クラブのママをやっていた女将《おかみ》が、艶っぽい笑みを満面に広げて稀夕たちを出迎えてくれた。

「いつも、ありがとう」

稀夕は努めて快活に答えた。

「今日は、ＲＫＢＣテレビの有望な若手記者を連れてきたよ」

「まあ、イケメンさんね」

女将に褒められて、中条が照れ笑いした。

「そんなに見とれてないで、適当に何か、美味しいもの出してよ」

稀夕が母親に言うかのように注文をすると、うなずいた女将が、カウンターの隅の空いている席へと二人を先導した。

「小此木先生、最近なんだか表情が生き生きして、前よりとっても輝いてテレビに映って見えるんだけど、なんかいいことでもあったんじゃないの」

女将が、稀夕にカマをかけるような口ぶりで尋ねた。

「同感ですよ。それは僕も感じてた。先生、ホントになんかあったんじゃないですか？」

椅子に腰かける動作をしながら、中条もまた女将に追随するように訊いた。

「メイクさんが腕を上げたとか、そんなことでしょう。内面はそんなに変わってナイ、ナイ、メン、」

「プッ、なんですか、そのオヤジギャグ。先生まだ若いんだから勘弁してくださいよ」

中条があきれたようにして突っ込んだ。

「最近ね、前頭葉にある理性のブレーキが利かなくなってるんだよ、きっと」

「いや、先生の場合は、ボキャブラリーが豊富過ぎなんですよ」

「確かに、脳の左側に側頭連合野という部分があるんだけどね、ここに言葉についての記憶や情報が保存されてるんだよね。ここが活性化されてるんだよ。それと、連想記憶といって、一つの記憶から他の記憶を思い出す力がついてきて、駄洒落《だじゃれ》を思いつきやすくなってるんだよ」

稀夕の講釈に、今度は女将が、ビールと小鉢を配りながら突っ込んできた。

「じゃあ先生、同じように人生経験を積んだとしても、女性は、おばさんギャグをあまり口にしない。それってどうして?」

「それはね、女性は言語を司る左脳よりも、感情や記憶を司る右脳の方が優位に働くから、そういう発想は一般的に浮かびにくいと言われているんだよね」

「先生、そんな難しい話はやめにして、そろそろ楽しく飲みましょうよ」

中条が、稀夕の専門的な御託《ごたく》を遮った。

稀夕はそうやって何とかお茶を濁したが、近頃多くの人から同じようなことを言われていた。やれ見違えただの、垢抜けただの、といった褒め言葉だった。

――これもあの過去生へのトリップ体験の影響か。

稀夕は薄々そう感じていた。紀穂子に二度目に会った時に稀夕自身が感じた印象があり、それと同じようなことが起こったのではないかと感じた。

「ところでね、先生のおかげで、年末のあの立春の日殺人事件の特集、高視聴率でしたよ」

稀夕にそう言って笑顔を向けると、中条はおしぼりで汗をぬぐった。タクシーでここまで来ただけなのに、中条はかなりの汗をかいていた。

「すみません。僕、ちょっと血圧が高いんすよ」

意外だった。中条は色白面長で、さらさらした髪は清潔感を人に与え、中高の鼻は通り、口は小さくて、女将が言ったようにいわゆるイケメンだ。年は、二十六、七歳くらい、そんな青年が血圧が高いとは……。

「高視聴率は、中条くんの熱心な取材の結果だよ」

稀夕は決して謙遜ではなく率直な意見を述べた。

「いえいえ、先生が警察の捜査の甘さを指摘してくれたのが大ヒットでした。視聴者からの反響が多くて、おかげで別の番組でも取り上げることができたくらいですから」

中条の端整な顔がほころんだ。さぞかし女にもてるだろう、稀夕は素直にそう思った。

「ああ、日曜日の『ジャスト福岡』でもあの事件扱ってたよね。中条くん、決まってたよ」

「ありがとうございます。その日も視聴率がかなり取れて、局長から金一封をいただいちゃいました。実は僕、これまで大きな事件を担当させてもらったことがなかったんですよ。入社して五年になりますが、この立春の日殺人事件が大きな転機になったんです。ホントちょうど二年前、二年前からですよ。僕の人生は急転というか、何事もいいほうに回転しはじめたんです。その証拠に、つい最近になって、彼女もできちゃったくらいですから」

言い終わると中条が一気にビールを飲み干した。まだ酔ったわけでもないのに、中条はやけにはしゃいでいた。

「羨ましいね。ＲＫＢＣテレビ局の子？」

「はい、まあ……」

中条が照れ笑いした。

「報道部では、誰がどの事件を担当するのかってことは順番制かなんかで決まってるの？」

稀夕はかねがね疑問に思っていたことを尋ねてみた。

「そんな甘っちょろいもんじゃありませんよ。競争です。言うなれば、どれだけ警察情報に敏感でいられるかが勝負になります」

「じゃあ、中条くんは、去年の二月四日、いや五日かな、警察に詰めていたわけ？」

「二月四日です。一昨年の二月四日の晩も詰めていましたよ」

「へぇーっ、二年連続か。それはラッキーっていうところかな」

いささか不謹慎な気もしたが、稀夕はそんな言葉を使った。

――ということは、報道部の記者にとっては、何か事件が起こってくれないと飯の食い上げになるということか。それも、できるだけ世間が注目するような大きな事件……。

「そうなんですよ。両日ともなんか起こりそうな気配というか、妙な勘のようなものが働きましてね」

「中条くんは鼻が利くんだね。他にはどんな事件で役に立ったの？」

「それ言われちゃうと困るんです。実は、他に大した事件、担当したことがないんです」

「じゃあ、立春の日殺人鬼様々か」

「ですよ。だから今年も二月四日の夜から五日の朝にかけては必死ですよ」

「でもね、期待を裏切るみたいで申し訳ないけど、あの二つの事件がたまたま二年続けて同じ日同じ場所で起こっただけのことで、何の関係もないというか、要するに同一犯の仕業ではなかったとしたら、今年はもう事件は起こらないんじゃないの？」

稀夕は、自分でも意地が悪いと思うような指摘をした。中条の小鼻がピクッとけいれんした。

「それじゃあ困るんですけどね」

「なんか殺人を期待しているみたいだな、それって」

「確かに期待していますよ」

中条が冷徹な感じで言い放った。

「そんなこと言って、大丈夫なの」

「はい、僕にとってはあの犯人は、出世を手助けしてくれるヒーローなんですよ」

稀夕は、中条のこの発言に笑ってみせるべきか、無言で聞き流すか、態度を決めかねた。

「いや、殺人犯をヒーローだなんて、僕も相当いかれてますよね」

中条が苦笑してみせた。その苦笑が、稀夕をいくらか救ってくれた気がした。

それからしばらくは他愛もない話題で談笑した。こうやって隣り合って話してみると、この中条はなかなか好感の持てる奴だという思いが稀夕の中にじわじわと湧いてきた。なぜか遠い昔にも会っているような、そんな懐かしい気さえした。

――もしかして、きみも僕のソウルメイトなのか。

そんなことを心の中で思ったりもした。もちろん口には出さなかったが……。

「ところで、今夜、僕を誘った理由は？」

稀夕は中条に尋ねた。

「ああっ、それですよ。話が盛り上がっちゃって忘れるところでした。自分は、最近、前世療法というものを取材していましてね」

まさか、この男の口から前世療法の話が出ようとは思ってもみなかった。稀夕は思わず箸を止めていた。

「小此木先生は、精神科の先生だからご存じだろうと思って、いろいろ教えてもらおうかと思ったんですよ」

「ああ、多少は知ってる。でもそんなに造詣《ぞうけい》は深くないよ」

ふたたび箸を進めながら、稀夕は表面的に答えた。

「先生は、患者さんに前世療法をやった経験はあるのですか」

「いや、ない」

稀夕は嘘をついた。

「前世療法って、なんかロマンがあっていいですよね。先生ご自身は、前世の存在を信じますか」

「そうだね、どちらか選べというのなら、信じてるほうかな」

一か月前なら逆の答えをしていただろう。物事には、何でもタイミングがあるものだ。

「へえーっ、僕が取材した何人かのお医者さんは、皆、否定的でしたけどね」

「いや、アメリカなんかでは実際に治療に使われている……という程度のことは知識としてあるからね。でも、きみは信じてるみたいだね」

「当然ですよ。できたら自分の前世を知りたいくらいです。先生、僕にやってくれませんか？　催眠術でやれるんでしょう、あれって」

きっと何かの本で読みかじったのだろう。中途半端な知識で前世の世界に足を踏み入れるのは危険だ、稀夕ははっきりそう言ってやりたかったが、ここは曖昧にごまかしておいたほうが得策だと思った。

「悪いけど、そいつは無理だよ」

「そりゃあないっすよ、先生」

中条がいささか大げさに残念がる。

「すまないね」

「先生ならきっとやってくれるって期待してたんすけどねえ」

申し訳なくは思ったが、前世療法の話をこれ以上してほしくなかった。稀夕は、強引に話題を変えた。

第四章　過去生の捜査

1

　一月十九日水曜日は、ここ福岡でも朝の気温がちょうど零度をさすという今年一番の寒い日になった。稀夕はすっかり夜の帳《とばり》をおろしていた天神の街を海のほうに向かって歩いていた。冷たい夜風が頬を打つように通り抜けていく。

　しばらくすると、紀穂子と初めて出会った晩に訪れた北天神の雑居ビルの前までたどり着いた。二階にあるショットバーの扉を開けて、蒼みがかった薄暗い店内を見ると、一番奥のボックス席にすでに紀穂子が待っていた。

　稀夕が歩み寄ると、彼女は素晴らしい笑顔で出迎えてくれた。

　今夜の紀穂子は、淡いブラウンの髪の毛をやわらかに一つに束ね、頬のあたりもいくらかふっくらとした感じがした。今までにも増してやけに女性らしく見える。

稀夕は着席しながら、紀穂子に魅力を感じる自分を嘲笑した。彼女にはれっきとした彼氏がいる。自分は単なるソウルメイトにすぎない。

「すごく冷えるね」

「ええ、とっても寒い」

「あんまり寒いから今日は使い捨てカイロをつけてきたんだ。そのせいで多少はあったカイロ」

「まあ、そのオヤジギャグの方がよっぽど寒い」

紀穂子があきれたように薄笑いを浮かべた。

「そんなこと言うんなら今夜はもうカイロう」

「もうやめて。あんまり調子に乗ってると、ろくな来世にならないわよ」

紀穂子が、唇を小さく前に突き出しながら今度は抗議してきた。

「わかった、わかった、もうやめるよ。なんだか最近、前頭葉のブレーキがますます利かなくなってきちゃってね」

「それって、どういう意味？」

稀夕のやや専門的な自虐ギャグが、紀穂子には通じなかったようだ。稀夕にしてみれば、紀穂子の緊張を少しでも和らげたいだけだったのであるが……。

その時彼女は薔薇色《ばらいろ》のカクテルをすでに半分以上飲んでいた。後を追うようにして席までやってきたウエイターにカクテルを注文し終えた稀夕は、そろそろ本題に入ることにした。

「さて、冗談はホントここまでにして、こないだ電話で話したように、今夜は細部を突き詰めてみたいんだ」

「わかってるわ。でも、そんなに思ったように都合のいい日に戻れるかしら」

周りの客に聞かれないように声をひそめて紀穂子が答えた。

「うん、そこが問題だけど、いつかきみも言ったように、やってみなくてはわからないだろう」

稀夕も体をできるだけ前に乗り出し、声をひそめた。

「ええ……」

「江戸時代では、女中きよの亡霊がポイントだよ。本当に亡霊だとしたら、俊英が幻覚を見ていたってことだけど、実はあれは俊英の義理の姉であるまつの仕業ではなかったのかな?」

稀夕は、あれから自分なりにずっと推理してきたことを紀穂子に話しはじめた。

「おまつさんが幽霊になりすまして、俊英をたぶらかしたの?　……でも、どうして?」

「黒幕は田中見龍だよ」

「おまつさんと見龍がグルだったということ?」

「だと思う。見龍は俊英を押しのけて奥詰御医師列に加わりたかった。『久留米小史』という本によれば、彼は野心家だったらしい。一方おまつは見龍を好きだったわけだから、二人が協力して俊英を陥れたことは十分考えられると思うんだ」

「先生ってやっぱり頭がいいのね。でも、先生の推理が当たっていたとしても、それをどうやって証明したらいいのか」

「きみが俊英の目を通して、きよの亡霊をよく観察してみるんだよ。それしかない」

「観察したところで、きよさんとおまつさんを見分けられるかしら」

「きみが俊英の潜在意識になれればできると思うよ。俊英の記憶はすぐに思い起こせるだろうし。それが無理だったら、きよが生きていた頃まで一度戻ってみるという手もある」

「そうしたほうがいいかもしれないわね」

稀夕が注文したカクテルがテーブルに届いた。二人は少しの間、打ち合わせを中断した。ウエイターが遠ざかるのを確認してから、ふたたび顔を近づけた。

「それから明治時代、きみにはつらいだろうけど、明治三十一年の猪俣フサ子が死ぬ場面までもう一度行ってみないと真相の究明はできないと思うんだ」

「わかってる。フサ子の夫の猪俣栄は、前の二人の奥さんに続いてわたしの前世であるフサ子まで殺した連続殺人犯なのかもしれないからね」

「そこを押さえることが、きみのカルマを癒すことになると思えるんだ。今日、そこまではどうしてもやっておきたい」

「昭和の戦時中の過去生はどうするの？」

「残念だけど、いくらあの時の過去生に戻っても、今のところ犯人を特定する手段はないよ。きみと僕はほぼ時を同じくして死んでしまっているんだし」

「そうよね」

紀穂子はうなずき、溜め息をつくのと同時に小さく肩を落とした。

「ちょっと待って。気を落とすのはまだ早いよ。実はね、テレビ局の取材を通して知り合った私立探偵に、僕はある依頼をしたんだ」

紀穂子が目を丸くして驚く。

「どうしてまた探偵さんなんかに？」

「あの時、誘拐されたという秋山百合子だよ。秋山百合子という女性の消息を調べてほしいと依頼したんだ」

「なぜ？」

「秋山百合子の生まれた年は昭和六年だから、もしまだ生きているとしたら今は八十代後半になる。彼女なら、もしかしたら見つけられるかもしれないって思ったんだ」

「見つけてどうするの？　自分は前世であなたの家庭教師をしていた者です、って言うつもり?」

「いや、そんなことをしておかしな人扱いされたら、何の話も聞けないからね。その時は、ちゃんと詭弁《きべん》を弄《ろう》するさ」

「ごめんね、先生。わたしのためにそこまでしてくれて……」

「いや、これはもう僕の興味でやっていることだから気にしなくていいよ。じゃあそろそろ、いつものところに場所を変えようか」

稀夕が告げると、紀穂子は深くうなずいた。

2

三十分後、稀夕と紀穂子は、いつものホテルのいつもの部屋にいた。けっこう人気があるらしいこのホテルの二階にあるこの部屋が、二人が使おうと思った日に、三たび連続で空いていたこともまた奇跡的なことだった。

紀穂子が言うように、この部屋こそ何らかの霊的エネルギーに満ちており、チャネリングのために我々を導いてくれているのかもしれないと稀夕には思えた。運命というのは、そういうふうに、なるべくしてなるように方向づけられているのだろうか。

二人は、入室すると直ちに上着だけを脱ぎ、並んでダブルベッドの上に仰向けに横たわった。稀夕の左手と紀穂子の右手は、前回同様、軽く握り合わされている。稀夕の気持ちの中に男性らしい衝動が微塵もなかったとはいえないが、そんな不純な思いはすぐ脳裏から霧散していった。

稀夕と紀穂子は、そっと両目を閉じ死人のポーズをとって瞑想状態に入ったのち、鼻から息を吸い、口から吐き出す深い呼吸法のもと自己退行催眠に進んでいった。何の曇りもなく、二人の心が一つになっていくのが感じられた。これだけでも通常の男女の営みをはるかに超越した素晴らしい体験だった。

次第に体中の筋肉や神経組織、そして細胞までもが弛緩していく。やがて、心が深い安らぎと平安を感じはじめる。徐々に稀夕の感覚は潜在意識の深くて広い領域を感覚的に捉えていった。大きな宇宙と無数の星、美しい銀色の光が見える。光は繭のように優しく穏やかに稀夕を包み込み、一点にある覗き窓に誘っていった。光の彼方に紀穂子の姿が見えた。

——紀穂子さんの魂が僕を導いているのだ。

トランス状態の中、稀夕の顕在意識はそう感じた。稀夕は、紀穂子がいるほうへとすみやかに近づいていった。

「さあ、俊英殿、女中のきよに会ってくれ」

稀夕の潜在意識が紀穂子に向かって自動発語した。

例によって光の先に白く輝く下り階段があった。下りていくと、どこかの古い日本の屋敷の光景が稀夕の目に飛び込んできた。閉ざされた障子の奥に意識が飛んでいく。稀夕の目の前に古川俊英が座っている。稀夕は森多兵衛だった。二人は、座敷の中で向かい合って正座をしていた。どうやら二人で将棋をさしているようだ。お互いに今日は冷えると言い合っていた。季節はどうも冬らしい。

そこに、若い女の声がした。

「お茶をお持ちしました」

女は障子を開けた。日本髪を結い、薄紫色の粗末な着物を着た、影の薄い女だった。

「それが、きよだわ」

紀穂子の顕在意識がそうつぶやいた。

「この女がきよさんか……」

女中の顔は稀夕の網膜にもしっかりと焼きついた。どこかで見たような気がしたが、とっさには思い出せなかった。きっとこの女も、現世の人生のどこかで、袖振り合う程度に縁のあった女性の前世なのだろう……と稀夕の顕在意識は思った。

次の瞬間、突然、稀夕の目の前は真っ白になって急に何も見えなくなった。

「どうしたんだ。きみは今どこにいる？」

狼狽《ろうばい》した稀夕の顕在意識が、紀穂子を必死に捜した。

「私は、今、夜の闇に包まれたお座敷で一人布団をかぶって休んでいます。先ほど何か物音がしたので、ふと目を覚ましたところです」

俊英の心を覗いている紀穂子の潜在意識が言った。

「そこはどこ？」

稀夕の顕在意識が尋ねる。

「有馬小膳様のお屋敷です」

「さすが、魂のお導きだ。これから起こることをしっかり目を見開いて観察するんだよ」

視界には何も見えなかったが、稀夕の聴覚は紀穂子の声をしっかり捉えていた。

「わかっています。……あっ、私の布団の裾のほうに女が立っています。女はきよの薄紫色の着物を着ています。女の後ろに青白い光が見えます。とうとう出たみたいです……。私は、恐ろしくて心の底から怯えきっています」

「落ち着いて顔をしっかりと見るんだ。それは本当に女中のきよさんの亡霊なのか？」

「女は、長い濡れ髪と手ぬぐいのような物で顔のほとんどの部分を隠しています。私は怖くて怖くて女の顔を正視できないでいます」

「そこをなんとか、ちょっとでもいいから人相を見てみるんだ」

稀夕の顕在意識は、祈る気持ちで説得を試みた。

「無理です。体中ブルブル震えてそちらに背を向けています」

なんてことだ……。稀夕が落胆しかかった時、紀穂子が震える声でつぶやいた。

「女がか細い声で言いました。もはやこのままにしては命がなくなるゆえ、速やかに私に従って逃げなさい、と」

稀夕の顕在意識は気を取り直した。

「声か……。誰の声？　本当に女中のきよさんの声？　それとも、もしかしておまつさんの声ではないのか？」

「……そう言われれば、おまつさんの声にも似ています」

「そうか、やっぱり」

「今、私は、屋敷の囲いの雪隠の汲み出し口から這い出して女の後を追いかけています」

「やっぱりその女の人相は見えないの？」

「ちょっとお待ちください。……あっ、今、ちょっとだけ見えました。あっ、あれは、おまつさんの髪飾りに違いない。きよではなくって、確かにあれはおまつさんです」

「確かなのか？」

「はい、確かです。きよに似せた格好をしていますが、あれは絶対におまつさんです」

「幽霊の正体見たり、だな」

俊英の見た「幽霊」は幻覚でも何でもなく、実は、まつがきよの扮装をして俊英をたぶらかしたものだった。稀夕は顕在意識の心の奥で快哉をあげるとともに、まつの後ろに青白い光を細工したのは見龍だろうとも思っていた。

――これで俊英の魂も救われる。紀穂子の前世のカルマもまた一つ癒されるだろう。

次の瞬間、目の前の光景がガラリと変化した。屋敷の庭にある井戸のまわりに何やら人だかりができている。

「昨夜、きよが身投げをして死んだのです」

俊英こと紀穂子が叫んだ。

「私のまわりには、まつや見龍、そしてあなたも立っています」

「ああ、見えている」

今度は、稀夕自身の姿がそこにあった。森多兵衛もまた身投げの知らせを受けて俊英の屋敷に駆けつけてきたところだった。田中見龍とおぼしき男は、撫でつけた総髪《そうはつ》に切れ長の一重瞼が爽やかな印象を与える凛々しい青年だった。

「きよの両親が遺骸を抱えて泣いております」

「私は、俊英やまつや見龍、それに当家の使用人たちに事情を聞いている」

その時、潜在意識が日付の情報を送り込んできた。慶応元年二月五日。ということは、きよが身を投げたのは二月四日の夜ということになる。

稀夕は妙な胸騒ぎを覚えた。立ちくらみのようなものが起こったか、その正体はわからなかった。

そのとたん、稀夕の意識は宙空に浮かび上がった。そこは、いつものように淡い光に包まれた広くて何の苦痛もない場所だった。木漏れ日のような優しさにも満ちていた。とてもおごそかな気分がした。

金色の光が見えた。その黄金に光り輝く霊体が、どこか遠くのほうから急速に近づいてくる。

光の波長に乗って、一人の男の声が聞こえてきた。その声は明らかに、稀夕のものでも、また紀穂子のものでもなかった。渋くて重厚な響きのこもった、老人の、どこか崇高な声だった。

『哀れな子羊よ。私の声を聞け。私たちの使命は学ぶことである。知ることによって、我々は、皆、神に一歩一歩近づいていける存在なのだ』

「あなたはどなたですか？」

稀夕は心の中で呟いた。夢を見ているような感じですらあった。霊界でも夢を見るのだろうか。

『おまえは、今、死後の中間生にいる。私はこの中間生にいる聖霊とでも言えば、おまえにも理解できるだろう』

「聖霊……。あなたは神なのですか」

稀夕は、その老人に全能の知恵と力のようなものを感じた。同時に老人の視線を感じた。慈しみに満ちた包み込むような柔らかい視線だった。

『違う。神に近づくためにここで休んでいるのだ。我々は人々を救い導くためにここにいる』

稀夕は言葉を失い、ただただ従順になっていた。

ややあって聖霊が稀夕に問うてきた。

『人は、皆、平等ではない。その違いはどこからくると思う』

「神様がお決めになるのではありませんか」

『違う。前世でどれくらい徳を積んだかによる。魂が肉体を持っている時、その魂は自分の欠点をいさめることができる。それを怠ると次の人生にその欠点を持ち越すことになる。そうしたものすべてがカルマなのだ』

「肉体があるうちに学ばなければ成長しないのですね」

『そうだ。成長もしないし、逆に次の人生でもっと悲惨な目にも遭う。争いを好めば次の人生でも争いに巻き込まれる。非道なことをすれば、もっと残酷な次の人生が待ち受けている』

「地獄は次の人生にこそあるということですね」

『その先の転生で、いつかはそれを返さなくてはいけなくなるだけだ』

「それがカルマですね。では悲惨な形で一つの人生を終えた時、どのようにして我々は学ぶのですか」

『人生が終わったばかりの時、振り返ることだ。そこから何かを学び取り成長する』

「反省するということですね」

『省みることを繰り返し、我々は、皆、結局は平等になれるところまで行き着ける存在なのだ。そのために、人は何回も何十回も何百回も生まれ変わらなければならない。

人は知ることによって神に近づく。だから魂は決して死にはしない』

「人は、皆、神に近づくために輪廻転生を繰り返すのですね。では、肉体があるうちにもっとも大切にすべきことは何ですか？」

『愛だ。同じ輪の中にいない人々を、おまえの愛の力で助けることこそ大切なのだ』

「どうすれば彼らを助けられるのですか」

『ただ愛を注ぐのだ。見返りを求めず博《ひろ》い愛を彼らに注ぎ続けるのだ』

「愛こそがすべてなのですね」

『そうだ。愛こそが生きる意味。それを学ぶことが人生の目的なのだ』

聖霊のメッセージは稀夕の胸に熱く響いてきた。愛こそが生きる意味、それを学ぶことが人生の目的なのだ、と。

稀夕は、心の中でその言葉を何度も何度も復唱した。今すぐにでも全世界の命ある人々に伝えたい衝動が起こった。それほどの深い感銘だった。

涙が出そうになるほどの感激が心にしみてきた。

ふと気がつくと、聖霊を乗せた黄金の光が彼方へと急速に遠ざかっていくのがわかった。

「聞こえたかい。今の声が？」

稀夕は、胸一杯に広がる感動の余韻を抱いて紀穂子に尋ねた。

「何の声？」

「聖霊だよ」

「聖霊？」

「今まで近くに来ていただろう。重厚で崇高な声の老人だよ。彼の声を聞かなかった？」

「わたしにはそんな人の声は聞こえなかったけど……」

聖霊は、稀夕にだけメッセージを伝えてきたようだった。それがなぜなのか、稀夕にはまったくわからなかった。

「そろそろ次の過去生に向かうわね」

紀穂子が言った瞬間、稀夕には布団に横たわる猪俣フサ子の苦痛に満ちた顔が見えてきた。顔色は悪く、以前にもましてげっそりと痩せている。

稀夕は開業医の潮見市朗だった。時は明治三十一年一月三十一日。まわりには、猪俣栄、フサ子の両親や兄弟といった親族がいる。

「きみが死にかけている」

「そうです。もうすぐ私は死にます。生きてこのような地獄を味わうなら早く天に召されたいとフサ子は思っています」

そうつぶやいた紀穂子は、突然、苦しそうにあえぎはじめ、すぐに息を詰まらせた。

「僕がすぐにきみの脈をとっている。それから慌ててフサ子の着物の胸元をはだけると、胸に両手を立てて緊急蘇生を長く続けている。どうしても助けたいと強く心で念じている」

「だめです。私の意識はもう体から離れました」

幽体離脱が起こったことを紀穂子が示唆した。

「ついにあきらめた僕が、蘇生をやめてからゆっくりと家族のほうを振り返り、ご臨終です、と頭を下げて言うと、家族がいっせいに泣き崩れた」

「夫も泣いてる……」

「そうだ。皆、泣いている。やっぱりこの猪俣栄は、尾崎幸哉さんなのか」

「幸哉さんにそっくり」

その時、一瞬時間が飛んだ気がした。時の流れがちょっとだけ早送りされたような、そんな感じだった。

「僕に向かって、病死という死亡診断書を書くように、猪俣栄が言っている。僕は強固にそれを拒んでいる」

「なぜ？」

「私は、友人の北里柴三郎博士に往診を頼んで、退院したてのフサ子さんを診てもらっていた。診察を終えた北里博士は私に告げた。『あれは間違いなく何らかの中毒症状だ。彼女はきっと毒を盛られている』と。彼の診立ては私と同じだった。それで私は確信した」

「行動を起こしたのね」

「そうだ。猪俣栄とのやりとりのさなか、警官が数名やってきた。私が、フサ子の遺体を麹町警察署の検察医讃岐公徳のところに運んで司法解剖させると主張すると、猪俣栄が顔を真っ赤にして理由を訊いてきた。私が『死因がわからないからだ』と答えると、内臓の炎症から来る衰弱に決まっていると言う。『ならば炎症の原因は』と私が訊くと、『一年余にもわたる嘔吐と下痢の連続だよ』と言う。『ならば、そのように長く続く嘔吐と下痢の原因は何なんだ』とさらに私が詰め寄ると急に押し黙ってしまった。結局、私は警官に命じて遺体を麹町警察署の検察医のところに搬送させた」

「それからどうなったの？」

紀穂子の問いかけに稀夕が沈黙していると、潜在意識が情報を流してきた。

「翌日、フサ子の遺体から砒素らしき物が発見されて、明治三十一年二月四日の朝、猪俣栄は逮捕された。警察は、猪俣の家の倉庫からたくさんの薬や粉を見つけ、それをもって猪俣栄の犯行の証拠としたが、結局砒素は発見できなかった」

「それでも裁判で実刑が下ったの？」

「いや、公判はもつれにもつれた。まず猪俣フサ子に盛られた砒素の入手経路が結局わからずじまいだったこと、それと動機が判然としなかったこと、その二点を弁護側が強く主張したため、判決が二転三転し、猪俣栄はそれから長い期間にわたって拘留され続けたのだよ。私も何度も法廷に呼ばれて証言した」

「最後はどうなったの？」

紀穂子がそうつぶやいた後、稀夕の潜在意識の中に一種の時間的な裂け目が生じたように思えた。

ややあって稀夕は口を開いた。

「今、時は明治四十年だ。私、すなわち潮見市朗は結核で死の床についている。私は今この時まで、猪俣栄に実刑が下ったという話はとうとう耳にしていない。この後どうなったのかもわからない」

「でも夫の犯行だったとして、彼の動機は何だったのかしら」

紀穂子がさらに尋ねた。自分がなぜ夫の手にかかって死に追いやられたのか、どうしても気になるのだろう。

「猪俣栄は、どうも同性愛者だったようだ。イタリアの漁色家で文人でもある、かのカサノバ公がそうであったように、彼もまたひそかに女性を軽蔑していたのではないか。それで最大の侮辱として殺人という手段を選んだのではないか——という憶測をした新聞記事が犯行当時あったことを憶えている」

「夫は私を軽蔑していたというの……」

「きみという特定の女性ではなく、女性という異性そのものをだ」

「信じられません、そんなこと」

猪俣フサ子の意識で紀穂子が言った。強い不満のこもった声だった。稀夕は答えに窮した。

「他に女がいたのではないでしょうか」

毅然とした声でフサ子の意識が言った。当然フサ子は夫を恨んでいたようだが、女がいたことを疑うがゆえ、当の夫を憎む気持ちよりも、正体不明の女への憎しみが勝っているようだった。

「いや、それはない。裁判でも、猪俣栄の女性関係は検察側からかなり追及されたが、愛人などの存在は猪俣栄にはなかったのだよ」

「では、やはり女という生き物自体を軽蔑しての行為だと」

「そうだ。詳しいことはわからないが、彼の生い立ちにはかなり屈折したものがあったようだ。きみには気の毒だが、きみは不特定多数の中の一人だったんだろう。そういう言い方が不適切なら、運が悪かったということだ」

「でも夫に裏切られたのではなく、ある意味では夫に選ばれた存在だったとも言えますね」

「そう思えたら、きみの霊もきっと浮かばれるよ。……ああ、だめだ。私の命も、もうこれまでだ」

突然、激しく吐血したような壮絶な不快感を経て、潮見市朗が死んだと悟った瞬間、稀夕は途轍もない苦痛からふーっと解放された。

稀夕の魂は潮見の身体から遊離し、上空に浮かんでから、眩しくも素晴らしい銀色の光のほうへ引き寄せられた。穏やかな白い空間には何の苦痛も迷いもなく、心の平和とおごそかな静寂が稀夕を優しく包み込んでいた。

やがて、紀穂子の呼びかけのもと、二人はほぼ同時に目を覚ました。前回と同じように、稀夕の頭はスッキリとしていた。紀穂子も同様に晴れ晴れとした顔をしていた。

「ぜんぶ、憶えているよね」

稀夕は、紀穂子が寝ている方向に半身を起こし、彼女の顔をじっと見ながら言った。彼女の顔がなおいっそう輝いて見えた。

「ええ……」

「聖霊のことは？」

「聖霊って？」

紀穂子が不思議そうな顔をして稀夕を見た。

――やはり紀穂子は聖霊の声を聞いてはいなかった……。

稀夕は、自分だけが聖霊の声を聞いたことに何らかの後ろめたさを感じ、とっさに話を切り替えた。

「いや、いいんだ。それより僕がにらんだように、やっぱり古川俊英は、きよの幽霊に化けたおまつにたぶらかされたようだったね」

「でも見龍がグルだったという確証はつかめなかった」

「いや、おまつの後ろで青白い光を灯した共犯者がいたのは確かだ。きっと、行灯《あんどん》か松明《たいまつ》みたいなものを使ったのだろう。実際、俊英が失脚して一番得をするのは見龍だろう。その見龍におまつは惚れていた。そうなれば見龍とおまつが二人してはかりごとをしたと想像するのは、そんなに無理な話ではないよね。だとすると殿様を竹鉄砲で襲撃したのは見龍だということになるか……」

「真犯人は見龍だったということね。可哀想な俊英……」

紀穂子は自分の過去生にすっかり感情移入していた。

「俊英の疑いが晴れてよかったじゃない」

「そうよね。でも、百五十年も遅れちゃった」

「これできみのカルマは一つ減ったということだよね」

「だといいけど……」

「もう一つのカルマのほうはどうだろう」

「猪俣フサ子のほうね」

「あの過去生の中で、夫に裏切られたのではなく夫に選ばれた存在だったのかもしれない、と確かきみは言ったよね」

「うん、確かにそう言った。屈折した生い立ちを持つ連続殺人鬼の第三の犠牲者に選ばれた運の悪い女、それがフサ子だったけど、夫はわたしを殺すために一年以上毒を盛ることに執着した。それは裏切りでもなく、憎悪の結果でもなかった。ただ自分の狂気の欲望を満たすためであり、考えてみればマイナスの愛情を夫はフサ子に注ぎ続けたのかもしれない」

「マイナスの愛情ね、なるほど……」

「それがわかった今、わたしなんだかずっと気持ちが楽になった。きっともう、わたしは吐いたりお腹をゆるくしたりすることはないって、そんな気がする」

「それはよかった。これで二つのカルマを癒せたってことだよね」

「きっとそうよね……」

紀穂子がまろやかに微笑んだ。

急に口の渇きを覚えた稀夕は、ベッドから起き上がると、冷蔵庫から小さな瓶ビールを取り出し、栓を開けてぐいぐいラッパ飲みした。それで、ようやく人心地がついた。まさに喉にしみ入る旨さだった。

「わたしも飲んでいい？」

紀穂子が言うと、稀夕は、もう一本ビールを取り出し、栓を抜き瓶のまま差し出した。紀穂子も相当口の中が渇いていたのだろう、同じように喉を鳴らして飲みはじめた。

「この調子なら、残りの症状もきっと滅《ほろ》ビ、、、ールだろうから、もっと冷《あ》ビ、、、ールように飲もうじゃない」

「ノリノリですね」

今度ばかりは、紀穂子も稀夕のオヤジギャグを責めてはこなかった。それくらい感動しているのだろうと稀夕は思った。

「美味しい」

晴れやかな笑顔で紀穂子がそう言った。

一方、稀夕は片手に瓶ビールを持ったまま、急に難しい表情をして室内を徘徊し始めた。

「先生、何を考えてるの？」

紀穂子が不思議そうに訊いた。

「うん、ちょっと気になることがある。女中のきよが井戸に身を投げた日付と、猪俣栄が逮捕された日付……」

「確か、どちらも二月四日だったわね」

「そう二月四日だ」

「それが何か……」

「二月四日といえば、ここ二年、福岡市内で連続して起こっている立春の日殺人事件の発生日と同じ日付なんだ」

稀夕は、その事件を担当している中条正人の顔を思い出していた。立春の日殺人事件のことは、番組の打ち合わせの時から中条に嫌というほど聞かされていたからだ。

「まさか関係があるとでも？」

「僕の記憶によると、両事件とも犠牲者は二十代の女性で、犯行現場はいずれも市内の同じホテルの一室だった。一昨年の犠牲者は確かバスタブ内での溺死。そして去年の犠牲者は砒素によって毒殺されたものだった。こんな偶然がある？」

稀夕は、自分で言いながら、背中のあたりがうすら寒くなっていくのがわかった。

瓶ビールをテーブルの上に置くと、稀夕は紀穂子の隣に腰を下ろした。察しよく紀穂子が稀夕を見つめて言った。

「今年もまた立春の日殺人事件が起こるのね。そして、その犠牲者はわたしで、今度はどこかに監禁されて餓死させられる——と考えているの？」

「前世のカルマとして、そういうことが起きる可能性があるのかもしれない」

「でも、ホテルの一室で誰かを何日間も監禁して餓死させる方法があるのかしら？」

もっともな疑問だった。たとえベッドの下に誰かを閉じ込めても見つからないはずはない。何日間も誰かを監禁し餓死させるなどという芸当は、実際、誰にも不可能なことに思えた。

「それに、二月四日に井戸に身を投げたのは、わたしの前世の俊英ではなくって、きよだったのよ」

紀穂子が、不吉な予言を振り払うように凛とした声で言った。

「でも、きよは古川家を呪って身を投げたのだろう」

「まあ、そうだけど……」

紀穂子は浅くうなずいて小さな吐息を漏らした。

「前二人の妻の時は犯行が発覚しなかった猪俣栄にしても、第三の犯行であるフサ子さんの体内に砒素らしき毒物が発見されたことがきっかけで二月四日に逮捕され、それから長いこと獄中暮らしを余儀なくされた。そういう意味では、二月四日は猪俣栄にとって因縁の日、きみの前世であるフサ子さんを呪った日と言ってもおかしくはないだろう」

「二人の呪いが、現世まで尾を引いていると……」

紀穂子の声が揺れている。

「だとしたら大変だ」

「先生、第三の過去生、わたしが秋山美千代で先生が唐沢英治だったあの時、娘の百合子さんの誘拐事件が起こったのは、確か昭和十九年の二月だったわよね」

「そうだ。でもはっきりとした日付まではわからない」

「もしかして、わたしが閉じ込められた日は二月四日なのかも」

「もう一度それを確かめに行ってみる？」

　稀夕が再度の過去生返りを提案すると、

「いやっ。絶対できないわ、そんな怖いこと」

　紀穂子は稀夕を見据えてキッパリと拒絶した。その顔は強張っていた。

「わかった。やめておこう。でも、きみ、言ったよね。猪俣栄は、きみが今付き合っている尾崎幸哉という人物とそっくりだと」

「うん、その通りよ。顔かたちが彼にそっくりだった」

　稀夕は、自分が潮見市朗だった前世で見た猪俣栄の顔を思い起こしていた。四十がらみの、インテリふうで神経質そうな顔立ちだった。

「フサ子さんが猪俣栄に抱いている不安な感情は、実は今、きみが尾崎幸哉という人に抱いている不安と同じようなものだ、と退行催眠中僕がきみに言ったこと憶えてる？」

「ええ……」

紀穂子が眉根を寄せてうなずいた。

「尾崎幸哉という人物についてもう少し詳しく教えてくれないか」

「彼は、三十八歳です。東京の出身で、ベンチャー系のコンピューターソフトの会社に勤めていて、三年前から単身赴任で福岡に来てるの」

稀夕はひっかかりを覚え、問い返した。

「単身赴任ということは、妻帯者なのか」

「そう。奥さんが東京にいる。でも子供はいないはずよ」

「ということは、きみは、不倫をしている……ということになるよね」

紀穂子に相手がいる……というのがまさかこんな形だとは。紀穂子が抱いている不安とは、そういうことに対する不安だったのか、と稀夕は憶測した。

「彼とは、二年前、シティホテルのパーティーで知り合った。わたしはその時もピアノを弾いていて、声をかけられたのがきっかけで付き合うようになったの」

「彼はどんな人？」

「中肉中背で、瓜実顔《うりざねがお》の、そう、いわゆる醤油顔《しょうゆがお》というタイプの顔をしてる。髪は短めで、眼鏡はかけていない。優しい目をしていて清潔感があって、素朴で真面目な人」

紀穂子が、よどみなくスラスラと答えた。

「とてもいい人よ。でも問題を抱えてて……」

「不倫の関係という以外にも？」

「彼もわたしと同じように病気なんです。それも、もっと深刻な……」

「何の病気？」

「うつ病らしいの」

　紀穂子がためらいがちに答えた。

　うつ病は、「何をするのも億劫《おっくう》」「いやなことばかり考えてしまう」「物事に興味が湧かない」「生きていくのがつらい」といった精神症状や、「身体がだるい」「頭が重い」「食欲がない」といった身体症状をはじめ、不眠、性欲減退、胃腸障害などとにかく多彩な症状を呈する病気だ。患者は「自分の気持ちが弱いせいだ」「怠《なま》けている」などと自分を責める。そのうえ、病気に理解のない周りの人たちから「もっと頑張れ」と励まされたり、「しっかりしろ」と叱られたりする。自殺に追い込まれる患者も多く、年間に二万人を超える自殺者のほぼ半数が、このうつ病が原因とまで言われている。

　だがうつ病は、周囲の理解と協力、十分な休養と睡眠を確保できれば、抗うつ薬によって完治を目指せる病気でもある。稀夕は精神科医として、「うつ病は決して『気の持ちよう』でなる病気ではない」と言いたかった。「鍵体験」といったものを契機として、脳内の神経伝達機構に何らかの変化が生じる、れっきとした脳の病気なのだから。

「彼、二年前から祇園町のメンタルクリニックに通ってるの。当初は死にたくなることもあったって言ってたけど、最近はそれはなくなったって。でも、また何となく気分が晴れなくて毎日憂うつなんだって、先週も話してた」

「先週、彼と会ったんだね。どこで？」

稀夕は、余計なことかとも思えたが、つい訊いてしまった。

「……ホテル」

「まさかこの部屋？」

「違うわ」

紀穂子がむっとした顔で言った。

「でも、わたしたち、デートする時はいつもホテルを使うの。わたしの家には妹がいるし、彼のマンションには時々東京から奥さんがやってくるから。わたしの存在も気づかれているみたいで……」

紀穂子が声を低くしてささやいた。

「彼が最初に悪くなったきっかけは、福岡の支店長とウマが合わなかったことらしいの。その頃は仕事も忙しくて、息を抜く暇がなくて。いったんはうつ病のお薬を飲みながら仕事の量を調整したことでよくなったんだけど、今度は奥さんのことで悩んでるの。彼は別れようと言っているらしいけど、奥さんは頑《がん》として応じないみたい。彼のご両親も奥さんのご両親も離婚には反対していて、八方ふさがりらしいの」

それは、不倫相手の紀穂子に対する尾崎幸哉の上手なごまかしのようにも思えたが、それなら何も彼がうつ状態を呈することはないだろう。本当のことかもしれないと稀夕は思った。

「きみと奥さんの板挟みというわけだ」

――本当にそうだろうか。もしかして尾崎幸哉が本当は妻と別れる気がなかったとしたらどうだろう。彼にとって紀穂子さんは、もはや邪魔な存在になってきているのではないか。

そんな考えがその時稀夕の胸に湧いた。もちろん、そんな酷なことを彼女に伝える気にはならなかった。

「きみはどうしようと思っているの」

「わからない。けじめをつけてほしいとも思うし、彼の奥さんが可哀想な気もするし……。とにかく彼にはクリニックにちゃんと通って、治療を続けるように念を押しておかないとね。人間、うつ状態の時には前向きの考え方はできないものだから」

彼女の話を聞いていると、その尾崎幸哉という人物が、連続殺人犯・猪俣栄の生まれ変わりの屈折した人間のようにはとても思えなかった。立春の日殺人事件の加害者と被害者として、尾崎幸哉と渡瀬紀穂子のことを連想したのは、自分の勘ぐりすぎのようにも思えた。

聖霊は、そこまで教えてはくれないのだろうか……。稀夕は途方にくれた。

第五章　ふたたび立春の日

1

煌々とした光の洪水の中、三台のテレビカメラが稀夕の顔を交互にとらえていた。

「小此木先生、もう少し椅子を高く上げてくださーい」

カメラマンが稀夕に注文をつけてきた。稀夕はうなずき、言われたとおりに椅子の高さを調整した。

「中条ちゃんはちょっと低くしてくれる？」

稀夕の左手に腰かけている報道部記者の中条正人に向かって同じカメラマンが言った。

「これでどうっすか？」

椅子の高さを調整しながら中条が訊いた。今日もオレンジのジャケットに黄色のシヤツ、赤のネクタイという派手な格好で決めている。

「オーケー、オーケー」

カメラマンが右手でVサインを作ってみせた。稀夕にメイク担当が駆け寄ってきて、顔のドーランを丁寧に塗り直した。テレビ局のスタジオは、本番中ずっと大量のスポットライトに照りつけられてかなりの暑さになる。

「はい、本番十秒前です」

人のよさそうな若いディレクターが、出演者全員に向かって大きな声をかけた。

「CM明けは、安西さんのアップからです」

ディレクターが十から四まで大きめの声を出して数字を数え、三以下は声は出さず一本ずつ指を折って時間を教え、ちょうどになると右の人差し指をメインキャスターのほうに突き出してキューを送ってくる。

「さて、次のコーナーは、お待たせしました、皆さんお待ちかねの報道特集です。今日一月三十一日のテーマは！」

安西キャスターが響きのこもった声で言った瞬間、テレビの画面はスタジオを離れてVTRに切り替わる。

稀夕は、自分の真正面の床に置いてある大きなモニター画面に視線を投げた。

『一昨年の二月四日、そして昨年の二月四日、二年続けて同じ日に、福岡市内の同じホテルの一室で不可解な殺人事件が起きた。被害者はいずれも二十代の美しい女性。福岡県警は、この二つの事件の解決に全力を挙げてはいるが、犯人はいまだに逮捕されてはいない。今年もう、あと四日でその二月四日がやってくる。はたして今年もまたあの恐怖の立春の日殺人事件は起こるのか。事件記者と精神科医が、今日もまた大胆に事件を斬る！』

視聴者の興味をそそるようなミステリータッチの映像に、男性アナウンサーの謎めいたナレーションが被さって、否《いや》が応《おう》にも番組コーナーを盛り上げる。そこに『報道特集』という大きな見出しが、これまた迫力のある音楽に乗って画面いっぱいに広がった。

すぐにモニター画面が切り替わって、スタジオの生の様子を映し出す。

「はい、そういうわけで、今日は例の立春の日殺人事件について、小此木先生と報道部の中条記者にトークしていただきましょう」

安西キャスターが言うと、今度はパッと中条の顔のアップに画面が切り替わる。

「報道部の中条です。まずは二つの事件を振り返ります。最初の事件はちょうど二年前の二月四日の夜に起きました。場所は今泉の街にあるホテルの一室。死因はバスタブ内での溺死でした。被害者は、東区に住む家事手伝いで独身の谷岡理恵さん、事件当時二十四歳。谷岡さんはその夜八時半くらいまで友達と一緒に天神西通りのレストランで食事をして、その後の消息を絶っています。目撃者の証言では、その夜の十二時前に現場となったホテルから、身長百九十センチくらいでオールバックの髪型をした男性が一人で出ていくのを見たというものがあります。今のところ他に有力な手がかりも目撃証言もまったくありません」

稀夕は、そんな目撃証言があったことは初耳だった。リハーサルの時も、中条はまるで口にしてはいなかった。

——なぜ先に言ってくれなかったんだ。

稀夕は、驚くのと同時にギクリとした。その百九十センチという身長とオールバックの髪型という情報を聞いて、ふとある男のことを思い出したからである。川村記念病院で現地診察にあたった大垣啓治という触法精神障害の男だった。

——まさかあの男では……。

嫌な予感が胸中に走った。はっきりしたことは覚えていないが、確か去年もその前の年も、二月四日の日には大垣啓治は病院に入院していなかったはずだ。

「一方、次の事件は、前の事件からちょうど一年後である去年の一月四日の夜に起こりました。場所は今泉の同じホテルの一室。死因は砒素による毒殺でした。被害者は、南区に住む主婦の鈴木真由子さん、二十六歳。鈴木さんはその夜八時過ぎにパート先である赤坂のスーパーを退社しており、その後の消息を絶ちました。目撃者の証言では、やはりその夜の十一時半頃に現場となった今泉のホテルから身長百九十センチくらいのオールバックの髪型の男性が一人で出ていくのを見たというものがあり、谷岡さんの事件との共通性から、事件に関係している可能性があるとして、警察は今、この男に関する捜査を進めております」

中条は、あえて本番まで稀夕にその目撃証言があることを隠していたようだった。ひょっとしたら、より番組の緊迫感を盛り上げるための演出で、ディレクターかプロデューサーの指示なのかもしれないと稀夕は思った。

「小此木先生、いかがですか。今の中条記者の報告を聞かれて」

安西キャスターが、さっそく稀夕に振ってきた。

「僕も、今、聞いたばかりでびっくりしたんですが、二つの事件とも、身長百九十センチくらいでオールバックの髪型をした男性が犯行時間帯に現場のホテルから一人で出ていくのが目撃されているんですね。その証言、今まで公表されていませんでしたよね」

稀夕が中条を見て咎めるように尋ねた。

「はい、実はこれ、すごくホットな情報でして、今日の四時過ぎになって福岡県警の捜査本部から発表があったばかりなのです。今日、この『スマッシュ・イブニング』の報道特集で立春の日殺人事件の特集をすると聞いた捜査本部の方が、今年も三度目の事件が発生する危険性を考慮して、若い女性の皆さんの注意を促すために特別に公表してくれたものと思います」

中条が弁解がましく言った。

「それはありがたいですね。あと四日ですから、捜査本部もあえて発表したのでしょう」

稀夕は英断を一応褒め上げた。

「今週の金曜日の夜は、若い女性の方は百九十センチ程度でオールバックの髪型をした大男に要注意ということですよね」

「いや、それはどうでしょうか。たまたま似たような姿の人が目撃されたというだけで、二人の男性が同一人物かどうかさえもまだわからないのですから、そう決めこんでしまうのはかえって危ないと思いますが……」

稀夕が反論した。

「でも、小此木先生、百九十センチくらいでオールバックの髪型の男性というのも、そんなに大勢いるものではないでしょう」

中条も負けじと言い返してきた。

「百九十センチくらいというのは、あくまで百九十センチくらいであって、百九十センチちょうどという意味ではないですよ。人間の目撃証言ほど当てにならないものはない。それに、いつも犯人が同じ髪型をしているとも限らないでしょう」

「というと、小此木先生は、この証言は当てにならないとでも」

　中条が、いかにも不満そうに表情を曇らせて言った。

「そうは言っていません。ただあまりその目撃証言に捉われすぎないほうがいいということです」

「わかりました。あまり先入観を持ってはいけない、それは逆に危険だということですね」

　ようやく中条が同調してくれた。

「そうです。オールバック以外の髪型で身長百九十センチない男性なら大丈夫なんだ、と思い込むことこそ危ないと思います。昨年の十二月の暮れに、この立春の日殺人事件について当番組で特集した時にも申し上げましたが、若い女性の皆さん、模倣犯がいるかもしれないという観点からも、とにかく今週の金曜日の二月四日だけはホテルに行かないよう自衛してください、と重ねてお願いしたいですね」

　今日もまたホテルの業者からの苦情が矢のように降りかかることを覚悟したうえで、いくぶん声に力を込めて稀夕は言い切った。

「ところで、小此木先生、先生が推理する犯人像といったものはありますか？」

　キャスターの安西が割って入ってきた。稀夕は椅子に座り直すような素振りを見せて一呼吸置いてから、おもむろに口を開いた。

「そうですね、僕が思うに、もし同一犯の仕業だと仮定しますと、この犯人は女性そのものの存在を憎んでいるのではないでしょうか。犯人にとっては、女性なら誰でもよかった。一種の無差別殺人だと思います。だからこそ第一の被害者谷岡さんと第二の被害者鈴木さんの間には何の接点もないし、またきっとお二人とも犯人とはそれほど深い関係にはなかったのではないかと思います。犯人は女性そのものを軽蔑していたから、女性を侮辱する最大の手段として殺人という方法を選んだのではないか、ということです」

稀夕は、自分が潮見市朗だった過去生の時に、自動発語した猪俣栄に関する評価を思い起こしながら意見を述べた。

「そうすると、犯人は性格的にかなり屈折しているということになりますよね」

「犯人は幼少時からの生い立ち上、何らかのトラウマを抱えているのではないかと思われます。もちろんこれは推測でしかありませんがね」

「最後の質問ですが、今年の二月四日、立春の日殺人事件の第三の犯行は起こりますかね」

安西キャスターがふたたび尋ねた。

「絶対に起こさないようにしないといけません。二月四日は、どういう関係であれ男女二人で過ごさない、夜道は絶対に一人では出歩かないということです。そう……もしも今年も殺人事件が起こるとしたら、今度の殺害はこれまでとは違う方法になるんじゃないかと思うのです」

稀夕は、紀穂子との過去生返りの第三の事件を思い出してそう言った。

「それはまた大胆な推理ですね。そう思われる根拠は？」

安西キャスターが興味津々という顔をして訊いた。

「確かな根拠はありません。ただ二度あることは三度あると言いますし、もし連続殺人だと仮定すれば、犯人は一度目と二度目で殺害方法を変えていますから、三度目もきっと殺害方法を変えてくる、そんな予感がするというか、嫌な勘が働くだけです。はずれてくれることを祈るばかりです」

前世療法で知り得た情報を明らかにすることはできず、稀夕は努めてクールに答えた。

それを受けて安西キャスターがまとめにかかった。

「そうですか、精神科医特有の鼻が利くということかもしれませんね。視聴者の女性の皆さん、本当に気をつけてくださいね。小此木先生が言われたように、模倣犯というのも最近は多いですからね。油断しないでその日だけは早くお家に帰って、ＲＫＢＣの面白いテレビでも観て過ごす。そういうふうになさってください。今日の報道特集は立春の日殺人事件についてでした。小此木先生、中条記者、どうもありがとうございました」

「ありがとうございました」

中条がテレビカメラに向かって一礼した。両方の頬に、無事に仕事を終えた安堵の笑みを刻んだその顔は、アイドルのような爽やかさだった。

2

どこを見渡しても寒々とした濃紺と銀色の世界だった。さらさらした何百という細かい雪が黒い空から篩《ふるい》にかけられたように降り下りてきている。あたりは深い雪に覆われていて、横殴りに吹きつける風の勢いも強い。

ふと気がつくと、雪景色の中に急傾斜の屋根を持ったログハウスが見えた。灯りが漏れている。近づいてみるが中には誰もいない。

突然、女性の声が耳に届いた。

「先生っ、助けて」

その声は、間違いなく紀穂子のものだった。ひどく動揺しているようだ。

「どこにいるんだ！」

稀夕もまた大きな声を出した。

「地下室よ、閉じ込められているの！」

――第三の過去生の時と同じように、やっぱりきみは立春の日殺人鬼に狙われたのか。

稀夕は、自分の不安が当たったことに驚きながら、

「わかった、今すぐ助けに行く！　待ってろよ！」

と、紀穂子の声がするほうに向かって叫び返した。

「気をつけて、犯人は大男よ！」

――大男……。もしかしてあの身長百九十センチの大垣啓治なのか。しかし、あいつはまだ入院しているはずだが。

稀夕がそんな辻褄の合わない不安に駆られたその時、後頭部に激しい衝撃を覚えた。

――誰かに殴られたのか……？

そう思った瞬間、稀夕はハッと目を醒ました。脳裏に焼きついたイメージが夢であったことをはっきりと自覚してホッと安堵したのと同時に、稀夕は重い気分になった。その夢があまりにもリアルだったからだ。

夢分析では、「夢の中には予知夢というのがあって、これから三日以内に起こることを予言するようなものも含まれている」ということは知っていた。宝くじに当たる夢を見たら、三日以内に買ったほうがいいとまで言われているくらいだ。

――今日は二月一日、ということは……？　しかし、まさか今の夢が正夢になるなんてことは……。

稀夕はベッドを抜け出した。その時、後頭部に軽い頭痛のようなものが感じられた。慌てて手を回してさぐってみたが、特に異常はなさそうだった。

──やはり夢だったのだ。

稀夕は、自分に強く言い聞かせた。


病院に出勤した稀夕は、朝一番でどうにも気になっていた書類に目を通して、あることを確認した。結果、逸《はや》る気持ちを抑えつつ朝の申し送り会議を終えると、すぐに川村記念病院に電話を入れ、院長の川村晴久を電話口に呼んでもらった。

「川村先生、このあいだ僕が現地診察した措置入院の大垣という患者さんですが、あの人は今どうしてますか？」

「ああ、彼なら先週の金曜日に退院したよ」

「金曜に退院した！　それは本当ですか？」

「先生に嘘なんかついてどうするの」

「あっ、すみません。ちょっとびっくりしたものですから」

「大垣さんは、最近ずっと調子もよかったし、精神的にも落ち着いてたからねえ。これ以上入院を継続する必要はないよ。実際、県精神保健福祉部からも措置解除の連絡があったし」

「それは僕が、精神医学的に自傷他害の恐れは消失しており、措置解除可能という見解の書類を提出したからでしょう」

「先生の判断は正しいよ。それにねえ、措置を解除されたら、先生だって知ってのとおり入院費の問題があるからね」

措置入院の患者の入院治療費は、そのほとんどが国庫負担であり、病院経営的観点から言えば取りっぱぐれがない優良患者なのだが、措置を解除されたらそうはいかない。

「でも彼は生活保護ではなかったのですか？　生活保護なら、それはそれで医療費が出るはずですよね。確か彼の保護者である祖父母はかなり高齢で、もう働けなかったように記憶していますが」

「うん、そうなんだけどね、彼の祖父は糸島の田舎のほう、確か白糸の滝あたりに小さな山を持ってるんだ。どうやら売り物にはならないらしいんだけどね、財産には違いないということで生活保護費は下りないそうだよ」

「障害者年金も下りないのですか？」

「それも条件を満たさず無理だった」

稀夕は、川村晴久との電話のやりとりを終えると、あたふたと机上に置いてある資料に目を落とした。大垣啓治の措置鑑定時における病歴を記載した書類だった。

それによると、彼の入院していた期間は、一昨年の六月から十二月までと、昨年の三月から今年の一月二十八日までだった。ということは、彼は一昨年、昨年といずれも二月四日は入院していなかったということになる。

しかも病歴には、『一日中自分の部屋に閉じこもり、ボーボワールに関する哲学的研究と称して書き物をしていたり、女の子の人形に釘を刺したりするなどの不気味な行動をとっていた。一昨年の六月、夜間中洲の街で、突然数名の通行人の女性をナイフで斬りつけた。警察官に逮捕された時も、「女が地球を破壊する。俺が新しい女を作る。女はみんな自分に最敬礼しなくてはいけない」などと意味不明のことを口走った』とある。

ボーボワールといえば、実存主義を謳った著名なフランスの女流作家であり、『第二の性』という名著や女性解放運動で知られた人物である。これら一連の異常行動を見ると、大垣啓治という男が、なにかしら女性という性の存在を憎むような妄想を心の奥底にひそませていることを示唆しているように思えなくもない。

そういえば大垣の母親は、どういう事情かは知らないが、彼が幼い頃蒸発していた。物心がついた時、母親から捨てられたことを知って心に深い傷を負った彼が、やがて女性全般に敵意を抱くようになったのかもしれないと類推することもできるように思えた。

もしかすると大垣啓治こそが、立春の日殺人事件の犯人なのではないか。彼なら身長百九十センチくらいのオールバックの髪型をした男という目撃証言ともピッタリと一致する。

戦慄が稀夕の胸中をよぎった。

そして稀夕は、現地診察嘱託医意見書の備考欄に自分で書いた一文を思い出した。

『措置解除後退院になれば、いずれまた服薬を中断して、衝動的な暴力行為や犯罪行為に及ぶ危険性は十分に予想できる』

3

かくして二月四日金曜日の朝を迎えた。

朝から、さらさらした粉雪が間断なく降り続いていた。このぶんではこの冬一番の冷え込みだろうなあ、と寝室の窓のカーテンを開けて外の景色を眺めながら予想した稀夕の勘は当たった。

テレビのニュースでは、「ここ福岡でも珍しく氷点下三度を記録しました」とレポーターが屋外で凍えながらレポートしていた。

寒さからくる身震いを熱いスープとコーヒーで癒した稀夕は家を出た。

朝から降りだした雪はまだ道路上に模様を描く程度で、車の進行を妨げるほどではなかったが、それでも路上には雪が踊っていた。

病院の午前中の外来は予想したとおりいつもより少なめだった。日中の診療業務をいつも通りにこなし終えると、午後五時半にタクシーを呼んだ。午後六時半から川端町にあるシティホテルで予定されている講演会に出席するためだった。稀夕の出身大学の恩師である主任教授の講演会がある。講演会終了後、パーティー形式の懇親会があり、その後は場所を変えて、稀夕をはじめとした世話人数名で教授を囲む宴席が設けられていたため、絶対に欠席することはできなかった。

稀夕は会の進行に身を任せていたが、その間にも、もしかしたら紀穂子が連絡してくるのではないかと緊張してずっと携帯電話を気にしていた。

一応、紀穂子とは昨日のうちに連絡を取り合い、「明日二月四日にはどんなことがあっても絶対に家から一歩も出ないように。たとえ尾崎幸哉が会おうと言ってきても、体調が悪い等と言って断って、ずっと妹さんと一緒にいるように」ときつく念を押しておいた。彼女も言いつけを守ることを約束した。それでも、彼女の身に何か起こるのではないかという不安や恐れが稀夕の心の中から消えることはなかった。

前世療法以来、稀夕にはささやかながら予知能力がある。こんな時はせっかく身についた能力が疎ましくさえ感じられた。

——人間とは所詮身勝手なものだ。きっと僕はまだ学びが足りないのだろう。

稀夕は内省していた。


午後九時を少し回った頃、携帯電話のコール音が響いた。画面を見ると、紀穂子からの電話だった。

——やはり予知能力は顕在だったのか。

宴席が開かれている和室からはじけるように廊下に飛び出した稀夕は、慌てて電話を取った。すぐさま稀夕の耳に紀穂子の緊迫した声が届いた。涙と狼狽が入り混じった声だった。

「これから死ぬから、どうか止めないでくれって言うの」

「死ぬって、誰が？」

「幸哉さん」

「尾崎幸哉さんだね。彼は今どこにいるんだ？」

「わからない。ただわたしに迷惑をかけたことをしきりに謝ってた。わたしどうしたらいいのか……」

「彼の自宅はどこなんだ」

「大濠公園のそばのマンション」

「それならすぐに救急車を手配するんだ」

「わたしも行かなくちゃ……」

「いや、だめだ。きみは家から一歩も出ちゃいけない」

「でも、そんなこと言ったって、幸哉さんは……」

紀穂子が混乱して泣いている様子が電話越しに伝わってきた。

「……わかった。それなら妹さんと一緒に彼のマンションに行くんだ。救急車の手配も忘れないで」

「わかった。そうする」

「状況がわかり次第、僕にも連絡してくれよ」

「はい、必ず……」

電話を切り、宴席に戻った稀夕だったが、楽しむ余裕はまるでなかった。紀穂子と尾崎幸哉のその後の状況が気になってしかたがなかった。しかし、この宴席のホストとも言える世話人の立場上、中座することは容易ではなかった。

一時間経っても紀穂子からは何の連絡も入ってこなかった。連絡がない以上、動きようがない。稀夕は逸る気持ちをどうにか抑えて待つことに徹した。

稀夕は、他の世話人や教授たちとともに、三次会として用意された中洲のクラブに席を移してからもひたすら待った。

ようやく紀穂子から電話があったのは、午後十時三十分になろうとする頃だった。稀夕は騒々しい店内から飛び出ると、静かなフロアに移って電話に出た。

「ずいぶん遅かったじゃないか」

「ごめんなさい、あれからいろいろあって」

「何があったんだ。尾崎さんは無事保護されたの？」

「いいえ、わたしと妹が彼のマンションを訪ねた時はもう……」

稀夕は息が詰まった。

「……亡くなっていたのか」

「いいえ、彼の部屋には誰もいなかったの」

「どういうことだ、それは」

「手紙を見つけたの」

「それは……遺書？」

「うん、間違いない。僕は一人静かにこの世を去る、もうこれ以上きみには迷惑をかけない、って書いてあったから」

その時、稀夕は胸が騒いだ。

「きみは今どこにいるんだ？」

「車の中」

「タクシー？」

「いいえ、自分で運転してる。今は電話するために、路肩に車を止めているけど」

「妹さんか誰か、一緒に乗っているのか」

「いいえ、わたし一人。妹は家においてきた」

「たった一人で、いったいどこに向かっているんだ？」

「それは言えないわ」

「どうして？」

「先生に迷惑がかかるから」

「何をいまさら、これまでさんざん迷惑をかけてきたじゃないか。どうせなら最後まで迷惑かけろよっ！」

フロアを行く人たちが稀夕の声の大きさに驚くような顔で振り返った。だが稀夕には、もう彼らにかまっている余裕はなかった。

「いいえ、できないわ」

紀穂子の口調は何かを決意した女の厳しい口調だった。

「ちょっと待って。せめて今、どの辺を走っているのかだけでも教えてくれよ」

「先生、わたしの最後のカルマは、自分自身の手で返さなきゃならないの」

稀夕は必死で問い返した。

「どういう意味なんだ、それは。もっとわかるように言ってくれないか」

「先生、今までいろいろとありがとう。さよなら」

それだけ言うと紀穂子は強引に電話を切った。

「待てっ、待ってくれっ！」

稀夕の叫び声はすでに紀穂子には届いていなかった。

仕方なく電話を切ると、稀夕は携帯電話を上着の胸ポケットの中に戻しながら考えた。

――尾崎幸哉は本当に死ぬつもりだろうか。しかし、これから自殺しようと考える人間が、たとえ自分の彼女といえども、自分の死に場所を人に教えることがあるだろうか。

どうも納得がいかない。

――やはり尾崎幸哉こそが、立春の日殺人事件の犯人ではないのか。そして今、巧みな嘘をついて、第三の犠牲者である紀穂子さんをどこかにおびき出そうとしているのではないのか。何と言っても奴は、前世で三人の妻を毒殺した連続殺人鬼の猪俣栄なのだ。それで現世でも三人の女性を、自分が逮捕された因縁の日に殺害しようと目論んでいるのではないのか。

そんな推理と、それに基づく危惧が稀夕の胸を塞いだ。いてもたってもいられなくなった稀夕は、もう一度店内に戻ると、教授たちに挨拶をして店を出た。コートを着て、ポケットに携帯電話と財布など必要なものが揃っているのを確かめると、手に傘を持ち、どこに行こうという当てもなくただ無目的に足を進めた。何が稀夕にそうさせるのかわからなかったが、ただがむしゃらに体を動かしていたい気分だった。

頭の中には、紀穂子が言った『わたしの最後のカルマは、自分自身の手で返さなきゃならないの』という言葉が、何度も繰り返し再生され続けていた。

中洲大通りに出ると、そこはコート姿の酔客の傘の群れでごった返していた。

雪はまだしつこく降り続いている。日本海に面しているため年に一、二回は雪が降る福岡の街だったが、今日のように朝からひっきりなしに雪が降り続いて、街全体が真っ白に染め上げられるのは本当に珍しい。

人混みを通り抜け、那珂川のほとりまでやってきた。しゃにむに歩き続けた稀夕は、出会い橋という名前の小さな橋を渡り、いつの間にか天神中央公園までたどり着いていた。

何か意図があったわけではない。ただ目に見えない何か強い力に引っ張られるようにして、グングンそこまで歩いてきたにすぎなかった。

公園の中は、ただ冬枯れの芝生が敷いてあるだけの、他に何もない場所だった。その芝生を、今は降り積もった雪が完全に覆い隠している。

稀夕は公園の真ん中あたりまで歩いてきた。周りに人影はまったくない。広い公園の雪で覆われた芝の部分が一つの無人島のように感じられた。

傘を手から放すと、両手をだらんと下におろし、ゆっくりと首を後ろに倒して黒褐色に染まった天空を仰いだ。たくさんの雪が稀夕の顔の上にも容赦なく降り落ちてきたが、まるで気にしなかった。

目を閉じると、鼻からゆっくりと息を吸って口からまたゆっくりと吐き出した。同じ腹式呼吸法を何度も繰り返していく。白い息が、ハラハラと舞い落ちる雪に抗うように夜風に散らばっていく様子が想像できた。口の中にも雪は侵入してきたが、それでも目を開かなかった。心を澄ませて、瞑想に至るのが目的だった。

――そうすればきっと何かが導いてくれるはずだ。自分には聖霊という強い味方がついている。きっと紀穂子が向かっている場所を見つけることができる。

そんな信念というか確信が、稀夕に行動を起こさせていた。

凛とした静けさの中で、聞こえてくるのは自分の心臓の鼓動だけ……。そのうち寒さで全身の感覚がなくなっていく気がしてきた。手足の末端がしびれていく。しびれは次第に痛みに変わっていく。

それでも稀夕は信じていた。脳裏に光が射してくるのを。

すべての脳神経を研ぎ澄ませて、光の到来を待ち続けた。

そのうち意識が遠のいていくような感覚に襲われてきた。

手足の筋肉も硬直しはじめた。

もはや立っているのが精一杯という状態だ。

貧血症状なのか、あるいは寒冷環境下における体温低下状態に近づいてきているのか。このまま立っていることはとてもできそうもなかった。

——きっとすぐに気を失って倒れてしまう。もはや限界だ……。

心身の限界を悟った瞬間、突然、強い閃光が瞼の裏に走った。そしてそこに、紀穂子の顔がはっきりとしたヴィジョンとなって現れた。

それは決して幻覚や想像の産物ではなかった。きっと神の啓示、いや聖霊の啓示なのだと思えた。あるいはまた、稀夕の強い意志が紀穂子の意識とリモート・チャネリングして、テレパシー現象を引き起こしたのかもしれないとも考えられた。

いずれにせよ稀夕の非現実的で無茶きわまる願いは奇跡的に叶ったのだ。これが愛の力なのかもしれない——そんな気がした。

稀夕は瞼の裏に映った紀穂子の顔を凝視した。彼女の顔は明らかに焦っていた。そして彼女の唇をついて飛び出してきた次の言葉を聞いて、稀夕はハッと我に返った。

「白糸の滝のログハウスに行かなければ！」

4

白糸の滝は、福岡市の西に位置する糸島市の背中にそびえる、雷山という標高約一千メートルの山の、中腹あたりにある観光名所である。名前が示すように、真っ白な絹糸が寄り集まって流れ落ちるように見える。滝のまわりには天然記念物の万龍楓《ばんりゅうかえで》が自生している。福岡の中央、天神から車で一時間はかかるだろう。けっこう雪深いところで、今日のような天候なら、普通車でたどり着けるかどうかすらも危うい。

——しかし、今はそんなことを言っている場合じゃない。なんとしても紀穂子を助けなければ。

彼女の身に危険が迫っていることは、稀夕に授けられた予知能力がさっきからワンワンと脳細胞の中で響いて伝えてきている。

一方で、稀夕の頭の中には、大垣啓治のことが浮かんでいた。

——彼の住所は確か糸島市あたりだ。しかも彼の育ての親である祖父母は、白糸の滝あたりに小さな山を持っているという話だった。山を持っているなら、そこに山小屋の一つも持っていたとしても不思議ではない。

やはり立春の日殺人事件の犯人は、あの大男の大垣啓治なのだろうか……。

なんと言っても彼はもう退院して自由の身でいる。

しかし、あの水のように澄んだ目、そして今のところ落ち着いている精神症状を考え合わせると、どうもまた違うような気もする。

第一、大垣啓治が紀穂子を狙っているとして、彼はどうやって紀穂子や尾崎幸哉を天神から車で一時間もかかる山の中におびき出せたのか。

大垣啓治犯人説は、やはり突飛すぎる。大垣よりもむしろ尾崎幸哉のほうが怪しい。

稀夕は、相反する推理に頭を混乱させながら、最後はそう結論づけた。

体中の雪をはたき落とすと、急いで天神中央公園を駆け抜け、公園の南側にある国体道路と呼ばれる福岡市の幹線道路に行き着いた。

はたと名案が浮かんだ。

――中条正人だ。彼は今、立春の日殺人事件の三年連続の発生とそのスクープを信じて、警察の捜査本部に詰めているに違いない。彼を仲介して警察に頼めばなんとか間に合うかもしれない。

そう思った稀夕は、中条の携帯電話に電話を入れた。

「なんだ、小此木先生ですか。こんな遅くにどうしたんですか」

電話の向こうから、ひょうひょうとした声が届いた。

「今夜はまだ事件は起きていないのだろう」

「ええ、こんなに寒いのでは、さすがの連続殺人犯も炬燵《こたつ》の中から抜け出せないのかもしれませんからねえ」

中条がつまらなそうな口調で冗談を言った。

「いや……そうじゃない」

「どういうことですか？」

中条の声色が変わった。

「きみ、白糸の滝を知ってるだろう」

「ええ、糸島にある有名な滝でしょう」

「その近くに、ある会社の所有するロッジがあるはずなんだ。そこで今夜、若い女性が殺されようとしている」

稀夕は、三日前の朝方に見た夢の内容を思い出していた。それは、雪景色の中にたたずむ急傾斜の屋根を持ったログハウスだった。そこに紀穂子は囚われの身になっていた。

もし、犯人が大垣啓治ではなく尾崎幸哉だったとすると、東京出身のサラリーマンである尾崎が、よもやこの福岡の地に別荘を持てる身分ではないだろう。会社の保養施設か何かを利用するしかない。そう推理しての発言だった。いつか紀穂子が話していた尾崎の勤める企業名を思い出して、中条に告げた。

「なぜ先生にそんなことがわかるんですか？」

中条が猜疑心にあふれた声の調子で尋ねた。

「立春の日殺人事件の犯人からの殺人予告が、私の携帯に入ったんだ」

稀夕はとっさにでまかせを言った。人一人の命がかかっている。この場合は、神も聖霊も許してくれるだろう。

「えーっ、まさか」

「いや、本当だ。私の携帯に連絡があったのは、狙われている女件というのが、私がよく知ってる人だからだ」

稀夕の真剣な口調が、ようやく中条の心を突き動かした。

「そいつは大変だ。すぐに先生を拾って、それから現場に向かいましょう」

「できれば、きみのコネで四駆付きのパトカーを手配してくれないか。そうしないと、おそらく間に合わない」

「了解しました。事情を話せば、捜査本部も動いてくれるでしょう。先生のことは彼らもテレビを通してよく知ってますからね」

「とにかく、よろしく頼む」

稀夕は、自分の居場所を中条に伝えると、交差点の角にあるコンビニの前に立ってパトカーが到着するのを待った。

5

二十分も経っただろうか。身を切るような寒さの中、稀夕の体は惨めになるほど凍えていた。その姿を見て、空車のタクシーがもう何台も目の前で減速するが、稀夕に乗る気がないのがわかると渋々加速する。タクシーの運転手に誤解を与えるようで気が咎めたが、しかたがなかった。

だが、パトカーは待てど暮らせど稀夕を迎えに来なかった。

――こんなに時間がかかるなんておかしい。

稀夕は久しぶりに苛立ってきていた。こうした緊迫した状況下では、せっかく聖霊に授けられた内なる変化もまるで役に立たないのだろうか。

――いったいどうなってるんだ。

徐々に肥大化した稀夕の怒りの矛先は、中条へと向けられていた。

――まさかあいつ、自分だけが特ダネをつかもうと、僕を置いて自分と警察だけで現場に向かったんじゃ……。

さまざまな憶測を巡らしつつ、稀夕は、寒さに凍えながら路上に立ちすくんでいた。

少々体を揺すったり足踏みしたりしても凌げる寒さではない。横殴りの吹雪も襲ってくる。加えて傘に降り積もった雪で右手も鉛のように重くなっている。

もう駄目だ。凍え死ぬ恐怖に駆られた稀夕は、背後にあったコンビニの中に飛び込んだ。暖をとるだけでなく、使い捨ての携帯用カイロを買うためだった。

店内の暖房が溶けるように温かい。凍りついていた血液がふたたび脈動を取り戻し、全身の血管に行き渡る感覚に心からホッとした。

買い物を終えると、ガラス越しに外が見通せる、本や週刊誌を売っているコーナーの前へと急いだ。パトカーの到着に気がついたらすぐにコンビニを飛び出して乗り込まなければならない。しかし、目の前の道路を流れていくのはそれとは違う車の群ればかりだ。

しびれを切らした稀夕は、携帯電話を取り出すと、もう一度中条の携帯に電話を入れてみた。ところが聞こえてきたのは、『おかけになった電話は電源が切られているか、現在電波の届かない場所にあるため、かかりません』というメッセージだけだった。

――まったく、どうなってるんだ、あいつっ！

稀夕は唇を噛みつつ、目の前にある雑誌の列に何気なく目をやった。

ふと、その中にある派手な表紙の雑誌が目にとまった。『福岡☆ホテルガイド』というカップル向けの雑誌だった。なぜだかわからないが、その時急に目を通してみたい衝動に駆られた。

パラパラとページをめくり、その中にあるホテルの紹介欄を見て、福岡市内に最近オープンしたホテルのページに行き着いた。稀夕は目を丸くし、ある種の驚きにおののいた。内臓が揺さぶられるような衝撃を覚え、体の奥が小刻みに震えてきた。

ちょうどその時、携帯電話の着信音が鳴った。

――中条くんかもしれない。あるいは紀穂子さんからかも。

慌てて電話に出ると、まったく予想もしていなかった人物の声が耳に届いた。

「佐伯《さえき》ですが、小此木先生ですか？」

「あっ、ああ……、佐伯さんか、その節はどうも」

秋山百合子の消息調査を依頼していた私立探偵の佐伯からだった。稀夕は焦っていたので、このタイミングで連絡が入るのは少々煩わしい気がした。

「これは、失礼。こんな時間だから、きっと留守電になってるだろうって思いましたよ。今、話しても大丈夫ですか？」

腕時計を見ると、時刻は十一時四十分になろうとしていた。

「かまいませんよ」

心の中とは裏腹に、稀夕はついそんな返事をしてしまった。

「だいぶ遅くなってしまいましたが、一刻でも早くお知らせしたほうがいいかと思ってお電話したんですよ」

「有り難うございます。それで、秋山百合子さんの消息は？」

「残念ながら、その方は、昭和五十年の秋に肺炎でお亡くなりになっていました」

佐伯の声には残念そうな響きがこもっていた。

「そうだったんですか……」

稀夕は、唇を噛むとガックリと肩を落とした。

稀夕の前世である唐沢英治と、紀穂子の前世である秋山美千代を殺害した犯人を知る唯一の手がかりは、誘拐事件の被害者である秋山百合子だけだった。彼女がまだ生きていることを、稀夕はずっと願い続けていた。そんな一縷《いちる》の望みが絶たれた今、紀穂子の第三の過去生のカルマを返す手段は散じてしまったように思われた。

しかし、一方で、百合子が誘拐された時に殺されてはいなかったこともわかった。そのことだけは、稀夕を安堵させた。

ところが、その時佐伯が意外なことを語りはじめた。

「百合子さんは、ご主人の平井博文さんと、当時十七歳だった息子の岳男さん、それと実のお父さんに看取られながら静かに息を引き取ったそうです」

「お父さん？」

「はい、秋山孝之助という人で、なんでも戦前は子爵の称号を持っていた人物だそうです。でも、戦後は落ちぶれて、小学校の教師をなさっていた平井博文さんに娘を嫁がせ、平成元年に亡くなるまで平井さん一家と同居されていたそうです」

「そうか、百合子さんは、無事にお父さんのもとに戻っていたのか……」

稀夕が独り言のようにつぶやくと、

「先生、そいつはどういうことですか」

佐伯が問い返した。秋山百合子が十三歳の時に誘拐された事件のことは何も伝えてはいなかったから、佐伯に稀夕の呟きの意味がわかるはずもなかった。

「いや、なんでもないんです。それより、何でもいいのですが、他に情報はなかったですか？」

「そうですね……。息子の平井岳男さん、現在は八王子の自宅で塾の経営をしているんですが、その平井さんにもお会いして、百合子さんのことについていろいろ伺ったんですよ。そうしたら、百合子さんは肺炎で亡くなる直前まで、『お母さん、どうして私を捨てて逃げたの』と繰り返し口にしていたそうです。それで不審に思った平井さんは、義父の孝之助さんに、百合子さんがなぜそんなことを言うのか訊いてみたんだそうです。そうしたら、百合子さんの母親だった美千代さんという人は、百合子さんが十三歳の頃、失踪してしまったらしいんです。当時美千代さんの家庭教師をしていた東京帝国大学の学生さんと駆け落ちして、そのまま行方をくらませたそうで……」

「それは違うっ！」

稀夕は反射的に声を荒らげてしまった。

「何か間違いでもあるのですかね」

サッパリ事情のわからない佐伯は不審そうに稀夕に問いかけた。

「いや——僕はただ、子爵夫人が学生なんかと駆け落ちするのかと、驚いただけです」

稀夕は慌てて誤魔化した。

「先生、その子爵夫人は、駆け落ちする前からご主人の目を盗んでその学生と浮気していた不届き者だったと、その時、孝之助さんがはっきりと言われたらしいですよ」

——確かに、私の前世である唐沢英治と秋山美千代は肉体関係があった。

それは、過去生返りをした時、顕在意識が悟ったことだ。稀夕は考え続けた。

——ということは、夫の秋山孝之助は、百合子の誘拐事件が起きる前から妻の不貞に気がついていたことになる。当時、妻の不貞は重大な反道徳的行為だったはずだ。秋山孝之助はどう感じただろう。子爵といえば、気位もプライドも並はずれて高かったはずだ。だから、きっと妻を許してはおけなかっただろう……。

稀夕の頭の中に、唐沢英治と秋山美千代を監禁し死に追いやったのは、もしかすると秋山孝之助自身ではなかったのかという推理が急浮上してきた。

百合子の誘拐は、美千代と唐沢を箱根の山中におびき出す偽装工作だったのかもしれない。だとしたら、百合子が平穏無事に孝之助のもとに戻っていることの説明もつくではないか……。

この推理はどうやら間違いではないという確信にも似た思いが、稀夕の中で固まってきた。稀夕の脳裏に、自分が唐沢英治の過去生であった時、ほんの何度か見かけた秋山孝之助の顔が、おぼろげにではあるが徐々に浮かんできた。最初のうちはぼやけていた顔が次第に明瞭になってきて、とうとうはっきりしたのと同時に、稀夕の心臓は破裂しそうになった。

秋山孝之助は、稀夕がこの現世でよく知っている男と瓜二つの顔だった。

――ということは、どういうことなんだ……。

稀夕の頭は混乱の極致にあった。

その時、佐伯の声が稀夕の思索を遮った。

「先生、自分が調べ上げた情報はこんなものですが、これで納得していただけますかね」

「ええ、充分です」

稀夕は、佐伯に篤く礼を言うと電話を切り、すぐさま『福岡☆ホテルガイド』という雑誌を手に持ったまま、レジに向かって走りだした。

稀夕の鼓膜には、『先生、わたしの最後のカルマは、自分自身の手で返さなきゃならないの』という紀穂子の言葉が妖しい幻聴のようにこだましていた。

6

タクシーを降りて足を進めていくと、目の前の雪景色の中に急傾斜の屋根を持ったログハウスが見えてきた。

すでに夜の一時をまわり、ログハウスの周りはどこを見渡しても寒々とした濃紺と銀色の世界だ。

こんな時間になっても、さらさらした何千何万という細かい雪が黒い空から篩にかけられたように降り下りてきている。朝からずっと降り続いているため、ログハウスのまわりの積雪はもうかなりの高さに達している。

時折、冷たい風が雪を含んで横殴りに吹きつけてくる。

しかし、ここは糸島市大字白糸の山中ではない。れっきとした福岡市内だった。場所は、志賀島《しかのしま》へと通じる「海の中道」というデートスポットの沿線に新しくオープンしたホテルだった。その名も『ホテル・ログハウス』といい、一室一室が独立したロッジふうの建物に設《しつら》えてあった。

しかも、部屋ごとに福岡市内の観光名所の名前がついている。『福岡☆ホテルガイド』という雑誌に掲載されていた通りだ。

ホテルの入り口付近に建っていた派手な電飾の門柱には、空室ありという表示がこれ見よがしについていた。今夜だけはホテルを利用しないようにしましょうと、テレビを通じて自分で呼びかけた効果なのかと思うと、立春の日殺人事件の影響はあなどれないものだと、稀夕は思った。

『キャナルシティ』『太宰府天満宮』といった灯りのついていないログハウスの奥に、ついに『白糸の滝』と命名された一室を見つけ出した。

部屋の真横にある駐車スペースには、女性に人気のある小型の国産車が停めてあった。稀夕は紀穂子がどんな車に乗っているのか知らなかったが、これは紀穂子の車に違いないという直感が働いた。

稀夕は胸騒ぎに襲われた。

よく見ると、車の隣にはバイクが一台停めてあった。二百五十ｃｃくらいの排気量のバイクだ。おそらく、このログハウス仕立ての部屋の中に紀穂子と一緒にいる人物が乗ってきたものだろうが、いったいそれは誰なのか。

――紀穂子さんとあいつが、この部屋の中にいる。

そんな予感というより確信が胸の中に猛然と広がっていた。

稀夕は意を決してドアをノックした。

しばらくの間、中からは何の応答もなかった。幾ばくかの不安が胸をよぎった。

――ひょっとしたら、推理はまったくの的はずれで、部屋の中にいるのは見ず知らずのカップルかもしれない。

もう一つの不安は、すでに手遅れになっているのではないかという恐れだった。最後に紀穂子の声を聞いたのは午後十時三十分になろうとする頃だ。もう、それから二時間半が経過している。

しかし、すべてに優先して脳裏を占めるのは、ここに来る前に組み上げた事件の真相についての推論だった。

紀穂子の奇妙な台詞の真意は何なのか。どうして中条正人は稀夕を迎えにこないで連絡を絶ってしまったのか。なぜ子爵の秋山孝之助の顔は「あいつ」にそっくりなのか。そして、立春の日連続殺人犯の行動の意味するところは何なのか……。

推理の果てには、どうしてもある一つの残酷すぎる結論に到達してしまう。だがしかし、その推論にはどこかの過程で誤りがあるのではないだろうか。

そんな思いに我を忘れかかった時、中から、「はい」と訝るような返事がした。間違いなく紀穂子の声だった。

稀夕は、ひそかに口の中でつぶやいた。よかった。間に合った――。

「僕だ。小此木だ」

少しして中からドアが薄く開きかけると、稀夕は強引に半身をドアに滑り込ませようとした。

「先生、どうしてここが……」

横顔を少しだけ覗かせた紀穂子が、いかにも戸惑ったような声をあげて抵抗を示した。

「早く僕を中に入れてくれ」

「……ちょっと待って」

「いいや、待てない。僕にはきみのカルマを癒す義務がある」

「言ったでしょう。最後のカルマは自分自身の手で返すって」

紀穂子が力任せにドアを押し返し、稀夕の侵入を妨げる。

「その意味がやっとわかったんだよ」

稀夕がそう言った途端、紀穂子の体からすーっと力が抜けた。反動で、稀夕はなだれ込むような勢いで小さな玄関スペースに飛び込んだ。

紀穂子の全身が稀夕の目に飛び込んできた。稀夕は息を呑んだ。

長い髪の毛はほつれにほつれ、白のニットシャツのボタンは胸元まではだけ、シャツの裾の部分は紺色のデニムスカートの幅広のベルト付近から外にところどころ飛び出していた。服装の乱れようからして、誰かと争っていたことは明らかだった。

「どうしたんだ、その格好は！」

稀夕が叫ぶようにして訊いた。しかし紀穂子は、稀夕の問いかけに答えるでもなく、まるで魂が抜けたような顔をして呆然とその場にたたずんでいた。

稀夕は原因を早く知りたくて、奥の部屋へと続く内ドアを乱暴に押し開けた。

ベッドルーム中央に置かれたダブルベッドの上には誰もいなかった。

しばし部屋の中に巡らせていた稀夕の視線は、暖炉をかたどった造りつけの飾り棚の下に行き着いた。

その時、目の前に展開された光景に、まるで心臓を槍で突かれたようなショックを受けた。

フローリングの床の上に、誰かがうつぶせに横たわっていたのだ。

体型からいってそれは男性だった。黒っぽい厚手のセーターにコーデュロイのズボンを穿いている。稀夕が近づいていっても身じろぎ一つしない。

――死んでいるのか。

そんな懸念にかられた稀夕は、慌ててコートを脱ぐと、男の体の真横にしゃがみ込み、顔をのぞき込んだ。

目を閉じたままのその顔は、間違いなく中条正人だった。

予想していたとおりだった。稀夕は、急いで彼の頸部に指を当てて動脈の波動を探ってみた。予想に反して、しっかりとしたリズムが稀夕の指先に伝わってきた。

——生きている。

稀夕はホッとすると、中条の体を仰向けにして右腕の脈をとった。少し速い規則的な律動が触れた。次に呼吸を確かめた。小さいがちゃんと息はしていた。けれど、中条の身体からは、呼吸以外の動きはまったく失われていた。

「おい、中条くん！」

稀夕は大きな声で呼びかけた。反応はなかった。完全に意識を失っていると判断して、さらに意識障害の深さを測ろうとしたが、背後に紀穂子の気配を感じて振り返った。

「先生、その男《ひと》、知ってるのね」

紀穂子が、声を喉の奥から絞り出すようにしてつぶやいた。

「ああ、よく知っている。彼はどうして気を失っているんだ」

「その男《ひと》、突然わたしに襲いかかってきたから、わたし、必死で抵抗した。壁際まで逃げると、そこに飾ってあった花瓶を無我夢中で手に取り、彼の頭めがけて思いっきり振り降ろした。そしたら、後ろ頭に命中して、彼は頭を抱えてよろよろしだして、最後、床に崩れ落ちて、そのまま動かなくなってしまったの……」

紀穂子は蒼白い顔のまま小さな唇を震わせた。稀夕はすぐに中条の頭、それも後頭部に右手を当ててみた。紀穂子が言うとおり、そこには確かに瘤《こぶ》ができていた。少しだが出血もしている。

——頭部打撲による脳震盪《のうしんとう》か……。すぐに頭を冷やさないと。

紀穂子が用意していたタオルを稀夕に差し出した。冷たい水で充分に冷えていた。

稀夕は紀穂子からタオルを受け取ると、中条の頭にあて、それから彼の頭を横に向けて静かに床の上に置いた。そうして舌根《ぜっこん》の沈下を防ぎ気道を確保してから、皮膚や爪、粘膜の色、息の匂い、体温などを確認した。特に問題は認められなかった。

——総合的に判断して、二時間もすれば目を醒ますだろう。様了を見て、危険な兆候があれば救急車を呼んだ方がいいかもしれないが……。

稀夕が中条の呼吸を確認して一応は安心した時、

「その男《ひと》が立春の日殺人事件の犯人だったの」

と、紀穂子が乾いた声で告げてきた。

「なんだって？」

稀夕は、もう一度紀穂子のほうを振り返ると、片方の眉をつり上げながら言った。

「その男《ひと》、わたしを殺そうとしたの」

「きみはこの男性を知っているのか」

「ＲＫＢＣの報道部の記者の中条正人……」

「どうしてきみが中条くんに殺されなくちゃいけないいんだ」

紀穂子は、蒼白い顔をして乱れた髪を両手で直しながら、しばし小さな唇を震わせたまま、押し黙った。

ややあって、紀穂子が重い口を開いた。

「その男《ひと》の前世が秋山百合子だったからよ」

「まさか……」

稀夕は唖然とした。だが、紀穂子を落ち着かせるべく肩に手を回し、優しく介抱するようにして歩かせて、二人でベッドの端に腰かけた。

「事情を話してみてくれないか」

落ち着いた口調で稀夕が問いかけた。

ややあって紀穂子が、その愛らしい口を開いた。

「秋山百合子は、十三歳の時に母親に捨てられたと思っていたらしいの。それで母親を憎んでいた。百合子は、母親の美千代が箱根の山中で何者かに監禁されて死んだことを知らなかった……」

探偵の佐伯が報告してきたことと矛盾してはいなかった。確かに、秋山百合子は母親の美千代に捨てられたと思っていた。

「だから現世で、母親の生まれ変わりであるきみを殺そうとしたというのか」

「そうよ。一昨年の二月四日の事件も、昨年の二月四日の事件も彼が犯人だった。彼の前世は、それぞれ女中のきよと猪俣栄だったから。一昨年の被害者の女性は、おまつさんの生まれ変わりだったため、まつを憎んで井戸に身を投げたきよさんの怨念を晴らすための犯行だった。そして去年の被害者女性は北里柴三郎博士の生まれ変わりで、猪俣栄の怨念を晴らすため犯行に及んだ。猪俣栄は、自分の犯行に最初に気がついた北里博士のことを恨んでいたの」

「だけど、猪俣栄は、現世ではきみの恋人の尾崎幸哉という男じゃなかった？」

「……猪俣栄と幸哉さんは、ただ顔がそっくりなだけだった。人格《ひと》はこの男だったの」

「中条くんが、ホントにそう言ったのか」

「ええ……」

紀穂子が伏し目がちの表情で小さくうなずいた。

「でも、中条くんはどうやって、自分の前世が江戸時代は女中のきよであり、明治時代は猪俣栄であり、昭和では秋山百合子であることを知ったんだ？」

「今から二年とちょっと前に、ある臨床ヒプノセラピストから前世療法を受けたそうよ。それで自分のカルマを知った彼は、二年かかって、犯行を計画し実行したらしいの」

「自分のカルマを返すために殺人を繰り返したというのか」

「そう」

――そんな馬鹿な話があるか！

紀穂子の説明を聞き終えて、稀夕は心の中で叫んだ。

――それでは、『愛こそが生きる意味。それを学ぶことが人生の目的なのだ』という聖霊のメッセージとまったく食い違ってしまう。

「中条くんは、被害者の二人をどうやって探し出したんだ？」

「そんなの簡単。谷岡さんも鈴木さんも彼のソウルメイトだったので、彼女たちの素性や居場所なんかもすぐに調べることができた。家事手伝いをしていた谷岡さんは、彼の高校時代のテニス部の後輩、主婦の鈴木さんは彼のいとこの親友だったの」

「なるほど……」

確かに中条は前世療法に強い興味を持っていた。しかし、紀穂子の話だと、中条はすでに二年以上前から前世療法を体験していたことになる。『立春の日殺人事件が大きな転機になったんです。ホントちょうど二年前、二年前からですよ。僕の人生は急転というか、何事もいいほうに回転しはじめたんです』と、あの時店内で中条は言っていた。

過去生返りを経験することにより、人はなぜか生き生きとして輝きはじめる。それは稀夕も紀穂子も確かに経験ずみだ。ならば中条が二年前の過去生返りによって人生が好転したとしても何ら不思議なことではなかった。

カルマを返すたびに現世での自信を深め、また自分の起こした事件を誰よりも早く自分自身でスクープできたことで、報道部内でも実際に認められていった――そんな相乗効果が中条の身に起こったというのか。

稀夕は立ち上がって紀穂子の顔を正面に見据え、疑問をぶつけた。

「今夜、中条くんは、どうやってきみをここにおびき寄せたんだ」

「幸哉さんから自殺するって連絡を受けて、彼のマンションに行ってみると、置き手紙があって、このホテルと部屋の名前が書いてあったの。それでここまで一人で運転してきたら……」

「中条くんがいたと……」

「わたしがここに着いた時、部屋に鍵はかかっていなかった。幸哉さんの身に何かあったに違いないと思って、急いで部屋の中に飛び込んだら、この人が……自分は幸哉さんの知り合いで、今日は幸哉さんに一芝居うってもらって、きみをこのホテルの部屋に呼び寄せたんだって言ったの」

「きみがここに着いたのは何時頃？」

「十二時頃」

「そのあと、一時間の間にここで何があったか詳しく説明してくれないか」

「え、ええ……。わたし、慌てて逃げ帰ろうとしたの。でも、彼は、僕の前世は秋山百合子だと言ったの。だから、変な気は起こさないと約束してもらったうえで、わたしは、彼と過去生の話をすることにしたの」

「でも、その約束は守られなかった」

「ええ、今から十二、三分ほど前に、彼、突然豹変して、僕は過去生のカルマを返さなきゃならないと言いだして、わたしに襲いかかってきたの」

紀穂子は目を伏せた。

確かに紀穂子の話の辻褄は合っていた。

しかも紀穂子は、目を伏せうつむいたまま、その整った顔に恐怖の色を浮かべているようにも見えたが、その焦点の合わない視線はどこか暗く泳いでいた。

人間嘘をつく時はつい伏し目がちになってしまうし、上を向いてしまうのは無知な証拠でもある。精神科医だからこそ身につけた知識ではあるのだが……。

「でもね、僕にはどうしても合点がいかない点があるんだよね」

稀夕がそう呟くと、紀穂子は小首を傾げて見つめ返してきた。

それからほんの少しの間だったが、二人は互いに緊張感を持って押し黙っていた。

「どこが?」

「殺害方法だよ。中条くんが立春の日殺人事件の犯人だったとしたら、第三の殺人となる今夜の被害者は、どこかに閉じ込められて死なないといけないはずだ」

「それならきっと、わたしを気絶させてどこかに運び出して、監禁するつもりだったのよ。わたしは、現実にこのホテルの部屋の中で、自分が立春の日殺人事件の犯人だと名乗る男から襲われたのよ？　先生は、こんなホテルの部屋の中で、誰かを何日間も閉じ込めて死なせる方法なんてものが実際にあるって言うの⁉」

いささか攻撃的な口調になった紀穂子が稀夕を睨みつけた。その頬は震えている。

「さあ、それは僕にもわからない。現実的には不可能だと思う。でも犯人が不可思議な過去生のカルマに操られて犯行を重ねているならば、きっと第三の犯行もそんな因果律に則った形で遂行されると思う」

稀夕は、そろそろ頃合いだと判断して、切り札を出すことにした。

「実は、僕ね、ここに来るタクシーの中で尾崎幸哉さんの自宅に電話をかけたんだ」

その瞬間、紀穂子の表情が揺れた。

「医師としてあるまじきことと思うかもしれないが、精神科医としてある種の根拠があった場合、精神科の通院歴のある患者の連絡先を聞き出すことはできなくもないんだ。そうして電話をかけてみると、僕が予想したとおり、彼は自宅にいた。僕は、福岡市中央消防署の救急隊員だと名乗って、『午後九時頃、あなたとお付き合いのある渡瀬紀穂子さんという方から、あなたが自殺をしそうだと緊急通報が入ったのですが、ご無事かどうか確認したいと思いましてね』と言ったんだ」

稀夕は感情を押し殺して話を続けた。

「そしたら尾崎さんはたいそう不思議がってね。自殺どころか、今夜、会社から帰宅して、渡瀬さんとは話すらしていませんと言っていたよ。そして——交際相手は渡瀬紀穂子さんではなく、紀穂子さんの妹の咲子さんのほうですよ、とも……」

紀穂子の喉がゴクリと音を立てた。

稀夕の真に迫った眼差しに、紀穂子は言葉すら出てこないようだ。

「そこで僕は、紀穂子さん、きみの自宅にも電話をかけてみた。お姉さんの知り合いで精神科医の小此木ですと、今度はちゃんと本名を名乗ってね。お姉さんが今付き合っている男性に、もしかしたら今夜殺されるかもしれないから、その男性の名前を教えてほしいと。そしたら妹さんは、だいぶためらったのちに、ようやく答えてくれた。姉にはお付き合いのある男性なんていません。彼女は、同性愛者です、とね」

稀夕は、あえて冷たい言い方を貫いた。

紀穂子は目が眩《くる》めいたかのように、体をビクッと反応させた。

「どうですか。紀穂子さん、これでもきみは、中条くんがきみをここに呼びつけたと言い張れるのか」

氷の彫刻のようにカチカチに固まった紀穂子が、どこか遠くのほうを見るような曖昧な目つきをして、何かを考えていた。おそらくこの窮地を逃れる妙案を考えていたのだろう。あるいは、さまざまに絡み合う思いを錯綜《さくそう》させていたのかもしれない。

稀夕は、氷解の時を根気強く待った。

そして、長いような短いような沈黙と緊張の時が流れたのち、ついに紀穂子は痩せた撫で肩を大きく落とすと、観念したように一つ長い溜め息をついた。

「先生、どうしてわかったの」

紀穂子がこの世の終わりのような表情をして、稀夕の顔に目の焦点を合わせた。

「きみの台詞だよ」

「わたしの台詞？」

「そう、最後のカルマは自分自身の手で返さなきゃならないって、確かきみはそう言ったよね」

「ええ……」

「その台詞の意味するところは、行動の主体性がきみにあるということだよ。この、立春の日の連続殺人そのものの――」

「自分で墓穴を掘ったと……」

ふいに紀穂子の表情が困惑に揺れ、次に唇を噛みしめた。

「いや、それを僕に伝えることで、きみは僕に救いというか、本当の意味での癒しといったものを暗に求めたのではないかと思う。だからこそ、きみは、本来かける必要のない電話を二度も僕によこしたんだろう」

「……そうかもしれない。わたし、先生に助けてほしかったんでしょうね、きっと……。もう、こんなことはしたくないって心の表面では思っているのに、もっと心の奥のほうに潜んでいる得体の知れない魔物がわたしを無性に駆り立てていた。わたし一人の力ではどうにもならなかった。だから先生にすがったのかもしれない」

「わかってるよ。それが過去生からの呪縛だってことをね」

「ありがとう。……でも、どうしてわたしがここにいるってわかったの」

「僕は、天神中央公園の雪で埋もれた芝生のど真ん中で、空に向かって心を無にしてみたんだ。午後十時半頃、きみは僕に、いろいろありがとう、さようなら、って告げたよね。僕はきみが死ぬ気だって思った。でも、きみの居場所は到底わかりようがなかった。その時、リモート・チャネリングが絶対にできるって強い確信がにわかに閃いたんだ」

稀夕は、自分の不思議な体験を思い出していた。確かに現実にはあり得ない不思議な出来事だった。通常のチャネリングとは異なる、テレパシーの交信ともいえる現象だった。

「それでわたしの考えが読み取れたの？」

「僕の瞼の裏にはっきりとしたヴィジョンとなってきみの顔が現れた。その時きみは、

『白糸の滝のログハウスに行かなくちゃ』って呟いたんだ。本当は、ホテル・ログハウスの白糸の滝という部屋だったけど……」

「それでこのホテルに？」

「最初は本物の白糸の滝のほうだと思った。間に合わないと思った僕は、県警本部に詰めているだろう中条くんに電話を入れて、事情を伝えてパトカーで僕を白糸の滝まで運んでくれるよう頼んだんだ。彼が承知してくれたので、僕は彼をずっと待っていた」

「でも……彼は来なかった。わたしがそのすぐ後に連絡を入れたから」

「どうして中条くんを呼び出したの？」

「彼とわたしは前世の因縁で繋がっていることに気づいたからよ。最初は、ＲＫＢＣの報道部に電話を入れてみたんだけど、彼は今、県警本部にいると言われたから、そこに電話したの」

「それじゃ、中条くんの身に何か起こったら真っ先に疑われるのはきみじゃないか」

「そんなこと、もうどうでもよかった……」

「やはりきみは死ぬつもりだったんだね」

「前世の因縁に縛られて、恐ろしいことをするような女は死んでしまったほうがいいのよ」

紀穂子が悲しそうな顔をして薄く笑った。

「僕に電話してきたのは、殺人を止めてもらいたい気持ちがあったからじゃないのかい」

稀夕が、紀穂子の心情を思いやって尋ねた。

「そうかもしれない。確かに何としても第三のカルマを返すため決行しなくちゃという強い思いが背中を押してきてたし、でももう一方では、こんな恐ろしいことやっちゃいけないっていうためらいみたいなものもあった。そんな二つの相反する考えが、わたしの頭の中で、ごちゃごちゃにせめぎ合っていたの」

紀穂子の頬には涙が一筋伝っていた。

「なるほど、それで僕に電話をかけるというちょっと矛盾した行動に出たんだね……。あの電話の後、きみは何していたんだ？」

「ネットを使って犯行に使うホテルを探していた。報道特集で、先生が言ったことの影響かしら、今夜営業しているラブホテルは少なかったから」

「そして、このホテルを見つけ、車でやってきた。その時、きみはこのホテルの名前と部屋の名前を頭の中で強く念じていたんだよね。それが、さっき話した僕のリモート・チャネリングに伝わったんだ、きっと……」

「すごい……。それこそ奇跡ね」

紀穂子がさらに涙を浮かばせて呟いた。

「まさにそうだよね。で、きみは中条くんに何と言って、彼をここに呼び出したの」

「あなたに立春の日殺人事件の犯人の独占インタビューをさせてあげる、興味があるのなら、西戸崎にあるホテル・ログハウスの白糸の滝という部屋にいる、って言ったの。谷岡理恵や鈴木真由子の事件のことを、犯人しか知り得ないようなことまで少し詳しく話してあげたら、彼はあっさり信用した」

「それで中条くんは僕をすっぽかしたのか……」

「わたしが条件をつけたのよ。ここには絶対に一人で来ること、十一時ちょうどまでに来ること、警察にも、マスコミにも、その他の誰にもいっさい話してはいけない、そして携帯電話の電源を切ること」

「……中条くんも随分とまた律儀な奴だ。条件をちゃんと守るなんて……」

「昔から彼は、生真面目で素直な性格だった」

「きみは以前から中条くんを知っていたのか！」

「彼とは、大学の時、同じゼミの学生仲間だったの」

「きみと中条くんも、ソウルメイトだったのか……」

「みたいね。わたしが立春の日殺人事件の真犯人だと告白したので、彼はすごくびっくりしてた」

「そりゃあ驚くよ。まさか犯人が女だとは思わなかっただろうし、しかも自分の大学時代の女友達だったなんてね。……で、中条くんがここに着いてから何をしたんだ」

「すべて話したわ。一昨年の二月四日の事件も、昨年の二月四日の事件も、すべてわたしが犯人だと。実は二年前のお正月明け、わたし、それまで長く付き合っていた女性にふられちゃったの。それですごく落ち込んでいて、街で手当たり次第声をかけて刹那的な情事に溺れてた。その相手の一人が谷岡理恵よ。彼女とはお風呂の中で口喧嘩になって、衝動的に浴槽に頭を沈めて殺してしまった。なぜそんなことをしてしまったのか、その時はわからなかった。慌ててできるだけ痕跡を消して逃げたけれど、きっと逃げられない、自殺しようって思って、秘かに砒素を手に入れて持ち歩いてた。

去年の二月四日、やっぱりナンパして鈴木真由子と知り合った。彼女はわたしと正式に付き合いたがって、妙にしつこかった。それが耐え難くて、彼女の飲み物に砒素を入れて殺してしまった。今から思い出しても、いくら衝動的だったとはいえ、なぜそんなことをしてしまったのか……」

稀夕は愕然とした。紀穂子のその外見に似つかわしくない行動のみならず、衝動的に殺人を繰り返していたなんて――。

紀穂子は、はらはらと涙をこぼしながらなおも続けた。

「彼には、この連続殺人は現世の表面的な出来事であって、本当の動機は前世のカルマのせいなのだと伝えたわ」

「前世のカルマなんてこと言ったって、中条くんは信じなかっただろう」

「そうよね、だからここで二人で過去生に返ったの。いつか先生とわたしが試みたみたいな双方向チャネリングを、わたし、彼ともやってみたの」

「それで中条くんは信じた？」

「とてもびっくりしていたわ。やっぱり彼は、わたしたちのソウルメイトだった。本当は、わたしが俊英、先生が森多兵衛だった時、彼は有馬藩十一代藩主頼咸公だったの。また、わたしが猪俣フサ子、先生が潮見市朗だった時、彼は酒場の常連客であり、潮見市朗の診療所の患者でもあった裕福な男だった」

　同じグループに属する魂は、何回も繰り返し一緒に、同じ時代、同じ場所に転生してカルマを果たしてゆくと、いつか紀穂子が言っていたが、まさにその通りだったのだと稀夕は思った。

「ということは、被害者の二人もきみのソウルメイトだった……そうなるよね。最初の被害者の谷岡理恵さんの前世は、きよだったと？」

「そうよ」

　稀夕は、その時、日本髪を結い薄紫色の粗末な着物を着た女中のきよの姿をぼんやりと思い描いていた。そんな稀夕にかまわず紀穂子が続けて言った。

「先月の十九日、先生と三度目に過去生返りをした時、先生と一緒に女中のきよさんの顔を見たでしょう。あのきよさんが谷岡理恵そっくりだったの」

あの時、稀夕もまた、きよの顔をどこかで見たような気がしていた。しかし、とっさにそれが誰だか思い出せなかった。立春の日殺人事件の最初の被害者である谷岡理恵という女性の顔は、テレビのニュースや新聞などで確かに何度も見ていた。しかし、知り合いでもなければそうした人の顔の記憶は積極的に浮かんではこないものだ。

「ということは、俊英はきよを憎んでいたのか？」

「きよの亡霊に惑わされて、俊英は我が身を滅ぼしたの」

「でも、真相は、田中見龍とまつの仕組んだはかりごとだったんだよ？」

「きよが身投げなどしなければ、あんな事件は起こらなかったとも言えるでしょう。きよが古川家を呪って死んでから、古川家が彼女の怨念でおかしくなっていったと俊英は思っていた。それに実は、もう一つ大切な理由があるの。俊英も、今のわたしと同じように同性愛者だった。俊英は、美男子の愛弟子である田中見龍にかねがね好意を寄せていた。その見龍をきよに奪われたのよ。だから、きよは俊英にとって恋敵でもあったの」

稀夕は驚愕した。性的な嗜好もまた、魂とともに輪廻転生することがあるのか。

「では、鈴木真由子さんの前世は、やはり猪俣栄だったのか」

「そうよ。わたし、猪俣栄の顔を初めて見た時、その目鼻立ちから、すぐに彼は鈴木真由子の前世だってわかった。でも、先生にはとても言えなかった。真由子は、わたしが街でナンパして殺してしまった相手よ。先生は、『スマッシュ・イブニング』の報道コーナーで、立春の日殺人事件の被害者の鈴木真由子を見て知っている。だから、とっさに、妹の相手の男性の名前を口にしたのよ」

確かに、もしあの時、紀穂子が「猪俣栄が鈴木真由子そっくりだ」と言っていたら、いずれ稀夕は鈴木真由子の殺害容疑を紀穂子のほうに向けていただろう。

「でも、先生と最初に過去生返りをした時、わたしは気がついたの。わたしが真由子を殺してしまったのは、現世のもめ事からじゃなくって、やはり前世のカルマだったのだってね」

「きみの前世であるフサ子さんは、猪俣栄に対する恨みを晴らしたかったというわけだね」

「だと思う」

鈴木真由子という女性の過去生が北里柴三郎博士ではなかったことに、稀夕はなぜかホッとした。

「では、昭和の中条くんの前世は、秋山百合子ではなくって、秋山孝之助だったんだね」

「先生、どうしてそれを？」

「先月の中頃、私立探偵に秋山百合子の消息を調べてくれと依頼したって言っただろう。その返事がようやく来たんだよ。秋山百合子は、残念ながら昭和五十年の秋に肺炎で亡くなっていた。でも、探偵の報告を聞いて僕は考えたんだ。唐沢英治と秋山美千代を監禁して死に追いやった犯人は、もしかすると秋山孝之助ではなかったのかってね。その時、僕の脳裏に、僕が唐沢英治の過去生であった時に時折見かけていた秋山孝之助の顔が浮かんできたんだ。その目鼻立ちは、中条くんそっくりだったんだよ」

紀穂子が、どこまでも悲しそうにすすり泣きしながら深くうなずいた。

「中条さんとの双方向チャネリングの結果、わたしにもそのことがわかった。妻の美千代と家庭教師の唐沢の不倫を知った孝之助は、どうしても二人を許せなかった。だから、箱根の山中にある山小屋を買い取って地下牢を造り、運転手や使用人と結託して娘百合子の誘拐を偽装し、二人をそこにおびき出して閉じ込めた……。そうした経緯を、秋山孝之助に前世返りした彼が話してくれた」

すべては稀夕が予想したとおりだった。コンビニで秋山孝之助が中条の前世であることに気づき、その孝之助こそが実は美千代と唐沢を閉じ込めて殺害した首謀者であることを考えた。そして、もしも、紀穂子の過去生である美千代がそれを悟っていたとしたら。

その紀穂子が連続殺人の因縁の日に市内のホテルに向かっている。しかも、中条正人は稀夕を迎えに来るという言葉を残したまま消息を絶ってしまった。

それらを考え合わせた結果、今夜このホテルで、紀穂子と中条正人の間にきっと何かが起こると稀夕は推理したのだった。

「そのことを知ったきみは、とっさに中条くんに殺意を抱いたってわけか」

「確かに、美千代と唐沢さんが孝之助に殺されたことを知った途端、胸の底の方から、なにか因縁めいた深い憎悪にまみれた怒りの感情が湧いてくるのを感じた。だから、過去生から目覚めたわたしは、彼を激しくなじったの」

「それじゃあ中条くんが可哀想だ」

前世でいくらひどいことをしたからといって、それは現世の本人にとっては与《あずか》り知らないことだろう。

「理屈の上ではそう。でも、その時のわたしは、ベッドから起き上がろうとしていた彼の体を、渾身の力を込めて突き飛ばした――」

「だから、彼はそこの暖炉の角に頭を打って倒れたってわけか。きみの髪の毛やシャツの乱れは偽装だったんだね」

「先生がこの部屋のドアをノックしてきた時、慌ててやったのよ」

紀穂子が胸元をかき合わせるようにしてうなだれた。

「前世の経験に支配されて、きみは、二人の人間を……。でも、三人目はまだ生きている。僕は、なんとか間に合ったわけだね――」

ホッとした稀夕の頭の中に、恐ろしい連想が浮かんできた。

殺害方法だった。

紀穂子の第一の犯行の犠牲者の谷岡理恵は、女中のきよが井戸に身を投げたのと符合するようにバスタブ内で溺死している。

第二の犯行の犠牲者の鈴木真由子も、猪俣栄が用いた犯行手段と符合するように砒素によって毒殺されている。

それならば紀穂子の第三の犯行の犠牲者である中条正人は、やはりどこかに閉じ込められて死なないといけないはずだ。

つい先ほどもこんなやりとりを紀穂子と交わした。紀穂子は言った。ホテルの部屋の中で、誰かを何日間も閉じ込めて死なせる方法なんてものが実際にあるのか、と。

ここまで前世のカルマというか因縁が深く絡んでいることがわかった今となっては、第三の犯行だけがこれまでの因果律に反しているということは絶対に考えられない。

今もまだ気を失って床に寝転がったままの中条正人の体に目をやった時、稀夕の脳髄の中心で火花が散った。

医者である稀夕の脳裏に、一つの恐ろしい症候群のことが浮かんできた。

「しまった！」

稀夕はそう叫ぶと、中条の体の横にもう一度しゃがみ込んだ。慌てて彼の左手を取り、手の皮をつまみ上げて思いっきりつねってみた。意識障害の深さを判定する時に使う痛覚テストだった。

稀夕が思ったとおり、中条は重たげに両のまぶたを開けた。その瞳は針の先ほどの大きさでしかなかった。

――やっぱりそうだったか……。

「中条くん、私だ、小此木だ、小此木稀夕だ。聞こえるかっ！」

稀夕は彼の耳もとに顔を近づけて大声で叫んだ。それでも中条の体は何の反応も見せない。

「中条くん、手足を少しでもいいから動かしてみるんだ！」

稀夕の次の指示にも中条の手足はまるで反応を示さない。ただ首がわずかに横に動いただけだ。

「中条くん、私のことがわかったのなら、目を左右に動かしてみてくれ」

やはり中条はその指示には従えず、何の変化も見せなかった。

「もし私のことがわかっているのなら、今度は目を上下に動かしてみてくれ」

その時初めて中条が反応を示し、指示通りに彼は瞳を上下に動かした。

稀夕は愕然として、おののいた。

単なる脳震盪だと思っていた中条が、実は重い病態に陥っていたことがわかったからだった。

それは、『ロックト・イン症候群』、日本語では『閉じ込め症候群』または『施錠症候群』と呼ばれる、極めて稀な病態だった。

意識障害の特殊型で、昏睡状態とよく間違われるが、本人に意識はある。意識はあるが、声も出ず、手足に麻痺がきて、体を動かすことはまるでできないし、物を飲み込むこともできない。診断の決め手は眼球運動検査で、眼球は水平方向には動かないが上下には動くのが特徴だ。患者は、そのわずかな眼球の動き以外では、外部とのコミュニケーションをはかる手段を持ち得ない。

病変の部位は中脳と延髄との間、左右の小脳半球を連ねる橋《きょう》という部分の中低位。瞳孔が針の先ほどの大きさしかなかったのも、橋のレベルが障害された時の特徴だ。

脳幹にある意識の中枢は冒されないので意識は清明に保たれている。そのことがかえって患者には残酷で悲劇的な事態となる。自分自身や周囲の状況を的確に認知できるのに、自分の意思を周りに伝える手段は、ほんのわずかな瞬《まばた》きや眼球の動きしかない。

まさに、自己という意識そのものが、己の身体の中だけに「閉じ込められ、錠をかけられた」状態を呈する。

プロセスや原因はどうであれ、結果的に第三の被害者中条正人は、連続殺人犯の渡瀬紀穂子の手によって、ホテルの一室の中で見事に生命の根幹を「閉じ込められて」しまったのだ。

――何という因果応報なのだろうか……。

稀夕はめまいがしそうになったが、今はそんな悠長なことを言っている場合ではなかった。

「彼は、脳幹出血を起こして、閉じ込め症候群と呼ばれる病態に陥っている。第三の犯行もやっぱり、過去生の因果律に則った形で遂行されてしまったということだ。彼は、やはり閉じ込められてしまったんだよ。だから、すぐに救急車を呼ばないと」

稀夕は紀穂子に慌てて告げ、急いで通報しようとした。その瞬間、紀穂子は稀夕のそばに駆け寄ると、

「先生っ、先生が電話しちゃいけない！」

と厳しい口調で言って携帯電話を奪い取った。

「電話は、先生がこの部屋を出ていった後でわたしがかける」

「どうして？」

「もし先生がこの部屋にいたことが警察に知れたら、先生に迷惑がかかっちゃうでし

よ」

「今はそんなことを言ってる場合じゃない。中条くんは脳幹出血を起こしているんだ。専門的な救急処置をしないといけない状態なんだよ」

「それならなおのこと、先生は早くここから出ていって。わたしが必ず救急車を呼ぶから。わたし、本当にこれ以上、先生に迷惑をかけたくないの」

「いいや、僕は救急車が来るまでここにいて、きみを見張っている。……きみは死ぬつもりだろう」

　稀夕の指摘に紀穂子はゴクッと喉を鳴らした。それでも彼女は、気を取り直したかのように表情を引き締めてから、なおも懇願した。

「先生、よく聞いて。救急車や警察が来たら、わたしと先生は警察に事情を訊かれる。そしたら否が応でも前世のことを話さないといけなくなるでしょ」

「ああ、おそらくね……」

「警察やマスコミはどう思う？　著名な精神科医でテレビにも出ている先生が、連続殺人犯である若い女とホテルにこもっていて、前世だの過去生だのカルマだのと主張するのよ」

　稀夕は胸をつかれた。警察は別としても、それこそマスコミは、こぞって稀夕のことを面白おかしく書きたてるに違いない。そうなればどうなるか。

稀夕は社会的に抹殺されるかもしれない。父の名も地に落ちてしまう。いや、病院もまたマスコミのかっこうの餌食になるだろう。自分が院長を務める精神科病院だけでなく、父の病院グループにまで騒ぎが及んでしまえば、地域医療が致命的なダメージを受けることになる——

情けないことに、稀夕は、自分でもわかるほどはっきりと顔が青ざめていった。

「わかったでしょう、先生……。先生は、もう充分わたしを癒してくれた。わたし、どれだけ救われたことか……。一生のお願いよ。早くこの場を立ち去って。先生がぐずぐずしていると、中条さんの病状にも響くのよ」

稀夕は激しい葛藤の渦の中にいた。彼女の勧めに従ってこの場を立ち去るのはあまりにも自己中心的で卑怯な気がした。男としてそんなことは絶対にできない、いや、してはならないと思えた。

その一方で、確かに紀穂子の指摘もまた至極もっともなことだった。

自分はどんな好奇の目にさらされようが、非難や中傷を受けようが、もはやかまわないと思えた。でも、病院のスタッフや患者たちに迷惑をかけてはいけない。患者を守るために、病院は存続していかなければならない。愚かな二代目が、意味不明な醜聞に身を投じ、結果何百、あるいは何千という患者たちの行き先を失くすのか——

しかも、中条の病状も一刻を争う。問答をしている暇など一秒だってないはずだ。

稀夕は、あとはもう、総合的な判断をするしかなかった。

ゴクンと生唾を飲み込むと、ついに決心した。

「僕はここに残る」

「えっ？」

紀穂子がいかにも怪訝そうな顔をして語尾を持ち上げた。

「もし僕が立ち去ったら、きみは間違いなく自殺する。そんなきみを見殺しにして、一人でこの場から立ち去るなんて非道なこと、僕には絶対にできやしない！」

「ホント馬鹿なのね……」

紀穂子の目にまた新しい涙の粒が盛り上がった。

「じゃあ、まずこのホテルのフロントに電話してくれるか。スタッフの人にも伝えなくちゃ」

稀夕の投げかけに、紀穂子は素直に従うと、ヨロヨロとした足どりでベッドサイドにある電話の方に歩み寄った。受話器を取り、しばらくコール音が鳴るのを聞いていた。

「……ダメ、出ないわ」

電話の送話口を片手で塞ぐと、紀穂子が困ったような顔をして告げてきた。

「まさか仮眠でもしているのか……。よし、きみは携帯で救急車を呼んで。その間に、僕が管理棟まで走って、この事態を伝えてくるよ」

「わかった」

「一つ約束してくれ。その間に死ぬなんてこと絶対しないって」

「ええ……、この人を置いて自分だけ死ぬなんてことできないしね」

紀穂子が床に突っ伏している中条の身体の方を見て、唇をギュッと噛んでから大きくうなずいた。

「よし、それなら、きみは急いで救急車を手配して！」

紀穂子の言葉に嘘がないと確信した稀夕は、そう言い残すと急いでコートを羽織って部屋から飛び出し、外に出て管理棟を探そうとした。

その直後だった。背後にあったドアの鍵が閉まる音がした。

「あっ、おいっ！」

慌てて踵《きびす》を返した稀夕は、ドアを開けようとノブを押したり引いたりした。しかし、ドアはびくともしなかった。

「いったい何の真似だ！　約束が違う！」

ドアの横にあるチャイムを乱打しながら、稀夕は必死に叫んだ。

部屋の中からドア越しに紀穂子の声がした。

「言ったでしょう。これ以上、先生に迷惑かけたくないって」

「僕のことはどうでもいいんだ。頼むから、ここを開けてくれ！」

稀夕は声のトーンを上げて懇願した。

「嫌よ！　絶対に開けない！」

ドア越しから聞こえる紀穂子の声には強い決意が宿っていた。

「なんでだよ……」

「過去生での恩人でもある先生を巻き込みたくないからよ」

「もう、めちゃめちゃ巻き込んでるよ……！」

「いい、先生？　先生がここにいちゃダメなの。わたし、もう遺書も用意しているの。立春の日殺人事件は自分の犯行だとね。ぜんぶ自分一人でやったって。ここまでのストーリーは完璧だけど、そこに先生はまったく登場していない。だから……この場に先生がいたら本当に困るのよーっ！」

「やっぱり死ぬ気なのか……！」

「過去のカルマを返した後に自ら死ぬことで、やっと現世の徳を積むことができるし、そうしたら来世はきっといい人生になるのよ」

「そんなことわかんないだろう」

「いいえ、わたしにはわかるの！」

「どうしてわかるんだ！」

「すべては聖霊様の導きだからよ！」

「まさか……」

稀夕は、にわかには信じられなかった。あの高潔な聖霊がそんなことを言うなんて。きっと紀穂子のでまかせだと思った。

「本当はわたしも中間生で、あの神々しい聖霊様と会ったの。そして、この導きを頂いたの。だから間違いはないのよ」

――やはり紀穂子も聖霊と会っていたのか。しかし、あまりに残酷すぎる指示だけに、僕には言えなかったのか……。

稀夕は、愕然としつつも考えていた。

「だからお願い。まさしく今生のお願いよ。わたしに聖霊様の導きを破らせないで！わたしから来世の幸せを奪わないで！」

稀夕は困惑したが、もはや、説得の余地はないようだった。もし、紀穂子の言うことが本当で、全てが全知全能の聖霊の指示通りだったとしたら……、それはもう自分の力ではどうにもならないことのように思えた。

受け入れるしかない。そう思えたが、激しい感情が決断の邪魔をした。

「いや、ダメだ。聖霊が何と言ったか知らないが、きみを見殺しにはできない」

「聖霊様の言うことに背くのっ⁉」

「ああ、背いてやるさ！　実際あの聖霊がそんなことを言うはずがない」

「違うの、ホントに聞いたのよ。ここで自ら命を絶つことで、先生がまだ小此木稀夕の現世を生きている間に、来世のわたしがまた逢うことができるって」

「………」

「わたし、先生が好きなの、愛してるのよ……！」

紀穂子は涙の混じった声で確かにそう言った。

稀夕は驚いて声も出なかった。

「本当よ。だから、お願い！　わたしの願いを叶えて！　そうじゃなければ、たった今、この場で、わたし舌を嚙み切って死ぬわ！」

「や、やめるんだ！」

「いいえ、先生がこの場をさっさと離れないのなら、今すぐやるわ。そしたら中条さんの救急車だって呼べなくなるのよ！」

「無茶言わないでくれ。僕もきみのことを……愛してるんだ。だから……やめてくれよ……」

稀夕もまた泣いて懇願した。

「ありがとう先生、嬉しいわ。またわたしの来世で二人はきっと結ばれるはずよ。聖霊様の言葉は真実だから」

「……」

「来世を楽しみにしてる。だから、今すぐ、ここを立ち去って。お願い……」

稀夕は、紀穂子の気持ちが痛いほどわかった。

もう、これ以上の説得はかえって紀穂子を苦しめるだけのように思えた。

「絶対、救急車は呼ぶわ。でも、これから先、彼が閉じこめられた状況から抜け出せるかどうかまではわからない」

「ああ……。それこそ聖霊の御心にお任せしよう」

稀夕は、ドアにすがりついた姿勢で泣きながら返事をした。

「さあ、急いで！　先生の声で、周りの部屋の人が出てきちゃ困るでしょう」

「紀穂子さん……！」

稀夕は喉の奥から声を絞り出した。

「さよなら先生、好きよ。きっとまたわたしの来世で逢いましょうね」

「紀穂子……！」

「絶対に逢える。だって、わたしたち、ソウルメイトだもの」

きっと、紀穂子はドア越しに優しく微笑んでいることだろう。紀穂子の背中には、神々しい後光が差して、彼女自身を輝きに満たしてくれていることだろう。

――聖霊が紀穂子を守ってくれる。そう、守護霊だ。守護霊が彼女を迎えに来ているのだ。

紀穂子がにっこりと笑う顔が浮かんだ。とても愛らしく、幸福感に満ちた笑顔だった。

稀夕の心の中に、紀穂子へのいとおしさがあふれてきた。

「さよなら……！」

身を切られる思いでそう言うと、稀夕はふたたび踵を返し、ホテルの入り口に向かって駆け出した。

元々空室ばかりだったこともあって、幸い、この騒動で出てきた人間はいなかった。

ホテルの門柱を抜けて、福岡市内方面に向かう道路に足を踏み入れた。

とても寒く全身が凍えた。

おかまいなしに、ひたすら歩いた。それもできるだけ急ぎ足で。

そうすることで、紀穂子をあの部屋に一人残してきたことの罪悪感から逃れようとしたのかもしれない。

時計は午前二時をとっくに回っていた。車も人もまったく通っていない。まるで孤島の銀世界を歩いているようだった。

――警察やマスコミは、今夜の事件の不可解な顚末をどう考えるだろうか。

ホテルの一室で見つかった、閉じ込め症候群をきたして倒れている若い男と、その隣に横たわっているであろう若い女の血の気を失った哀れな姿……。

もしかして中条が連続殺人犯として疑われたりはしないだろうか。いや、紀穂子が書き残した遺書ですべては解決するだろうし、その心配はまずないだろう。

仮にそうでなかったとしても、中条はわずかな瞬きと目の動きによって、外部といくらかのコミュニケーションはとれるはずだ。今夜のことをそのうちきっと誰かに伝えることだろう。しかし、それが気が遠くなるほど長い時間のかかる作業になることは避けられない。だが、彼は報道記者だ。プロの報道人として、きっとやり遂げてくれるだろう。

そう思う一方で、別の心配もまた稀夕の胸に浮かんでいた。

――自分の体の中に閉じ込められてしまった中条くんは、今、何を考えているのだろうか。彼はこの先、自分自身のことを、どうやって受け止めていくのだろうか。

稀夕は、これから先、何年も寝たきりの生活を余儀なくされる中条正人という青年に深い同情をおぼえた。治療が功を奏して彼が奇跡的な快復を遂げることを祈るしかなかった。

顔を持ち上げると、雪は相変わらず降り続いていた。オレンジ色の街灯の明かりを、舞い落ちる雪の群れが煙らせている。この雪の群れが、稀夕の足跡も今夜の出来事も何もかも、すべてかき消してくれることだろう。

稀夕の耳に救急車のサイレンの音が聞こえてきた。その時、にわかに稀夕の心臓があおられた。

「紀穂子……」

彼女の身に何かの異変が起こったと悟った稀夕は、ハッとして天を見上げた。

刹那、夜空に紀穂子の顔がはっきりとしたヴィジョンとなって現れた気がした。その顔は、稀夕に愛らしく微笑みかけていた。

そして稀夕の意識に一つのメッセージを伝えてきた。

『愛こそが生きる意味。それを学ぶことが人生の目的です』

紀穂子は、きっと聖霊になったのだと稀夕は悟った。

次の瞬間、どうしようもない寂寥感に襲われた。

稀夕は、声をあげずに嗚咽した。

両方の頰に涙がとめどなく伝っていく。

雪はいつまでもやみそうになかった。

稀夕は、たとえ紀穂子が聖霊として幸福に召されたのだとしても、彼女を置いてあの場を離れた自分を、自分自身が生涯許すことができないと知っていた——。

エピローグ

その日、品川の高層ビル街の間に立つ小さな雑居ビルの片隅に小さな看板が設置された。

稀夕は深呼吸をして、しばらくじっと、それを見つめていた。

『前世療法研究所』

テレビのコメンテーターは辞めた。ただのお飾りの病院長の肩書も捨てた。思いきって東京に引っ越した。都内の病院の勤務医として精神科医は続けるが、週に三回の勤務以外は独立して前世療法で人を救うことを、父に許可してもらった。

稀夕は結果として捜査の手から逃げ延びた。

紀穂子は、やはり命を絶っていた。砒素による急性中毒死だった。鈴木真由子を殺害した際に使ったものだ。きっとまだ隠し持っていたのだろう。そして現場には、急いで書いたであろう遺書を残していた。そこには、自分が立春の日殺人事件の犯人で、今夜も中条正人を殺そうと彼の頭を花瓶で強打したと書かれていた。

もちろん稀夕のことや前世療法のことなどは、いっさい書かれていなかった。

中条正人は救急搬送され、稀夕の見立て通り『ロックト・イン症候群』と診断された。意思の疎通もほとんど不可能であり、今後しばらくは、彼の口から真相が語られる心配もなかった。

百九十センチの男の目撃証言は結局偶然が重なっただけだったようだ。大垣啓治が事件とまったく関係がなかったことは明らかで、しばらくの間、疑いを持ってしまったことに対して反省し心の中で詫びた。幸い彼はその後順調に病状も回復していると聞く。大垣のためにできることがあったら何でもしようと思った。

一方で、紀穂子に対する心の痛み、社会的には決して正しくない選択をした自分への嫌悪は意識から消えはしない。格好つけることなく、どんな後悔も受け止めようと心に決めていた。

でも、本当に、紀穂子は聖霊の声を聞いていたのか。

そして、本当に、あんな残酷な導きとやらで指示されていたのか。

やっぱり、稀夕を巻き込みたくない一心で、紀穂子が咄嗟に嘘をついただけのことではなかったのか。

だとしたら、あの時、ドアを蹴破ってでも紀穂子を助けるべきではなかったのか。

様々な思いが心の中を去来していた。

そのことを考えだすといつも内臓が揺さぶられるような感覚に陥ってしまう。

自分はまだまだ学ばなければならない。

できれば、あの神々しい聖霊にもう一度逢って、事の真偽を確かめたい。

それが叶わないのなら、せめて紀穂子から伝授された前世療法によって、次の誰かを救わなければならない。

幸い、前世療法を経験したことで研ぎ澄まされた能力はそのまま生きている。もしも自分が生かされた、逃がされた理由があるとしたら、この能力を使って聖霊の意志に応え、誰かを救うことにあるのではないか……。

そんな心を突き動かす何ものかの強い力を感じていたのも事実である。

時々、それは自己弁護や詭弁ではないかと思うこともある。だが、そうした葛藤や苦悩に苛まれながら生きるのも一つの罰なのだろう。

憂いに満ちた瞳をぐっと上げ、稀夕はもう一度深呼吸をした。

前世療法カウンセリング……どんな客が訪れるのだろう。自分は決して専門的に学んだり修行したりしたわけではない。それでも、やらなければならない。紀穂子の代わりの誰かを救うために。

稀夕は、思わずはるか頭上の青空を見上げ、手のひらをかざした。

すぐに瞼を覆った指の間を、透明な輝きが流れていった。

了

参考文献

ブライアン・L・ワイス『前世療法』ＰＨＰ文庫
ブライアン・L・ワイス『前世療法②』ＰＨＰ文庫
川上光正『美しい意識の創造』サンスカラ研究所
川上光正『魂の意識体』史輝出版
王丸勇『病跡学・史学叢談』金剛出版
渡辺淳一『遠き落日』角川書店
山本厚子『野口英世　知られざる軌跡』山手書房新社
アラン・モネスティエ『世界犯罪者列伝』ＪＩＣＣ出版局
深堀元文『図解でわかる心理学のすべて』日本実業出版社
深堀元文『つい、そうしてしまう心理学』日本実業出版社
深堀元文『イラスト図解心理学のすべてがわかる本』日本実業出版社

本書は二〇一三年に弊社より刊行された『前世療法殺人事件』を大幅に加筆・修正し、文庫化したものです。

この物語はフィクションであり、実在の人物・団体とは一切関係ありません。

文芸社文庫

前世療法探偵キセキ

二〇二〇年六月十五日　初版第一刷発行

著　者　深堀元文

発行者　瓜谷綱延
発行所　株式会社　文芸社
〒一六〇－〇〇二二
東京都新宿区新宿一－一〇－一
電話　〇三－五三六九－三〇六〇（代表）
〇三－五三六九－二二九九（販売）

印刷所　図書印刷株式会社
装幀者　三村淳

ISBN978-4-286-21297-5